Only Sense
Online
온리 센스 온라인
12

아로하자초 지음
유키상 일러스트
한신남 옮김

"후훗······ 진정하세요."

"보물을 잔뜩 찾아내자!"

에밀리오 Emilio

[연금]과 [합성] 계열 생산직.
다른 플레이어에게는 밝히지 않는 비밀
레시피를 가지고 있는 것 같은데······.

마기 Magi

톱 생산직 중 한 명으로 무기 장인.
고대인형 수복에 생산으로서
실력을 발휘하는데──.

"얼른 이쪽으로 와라냐."

벨가모트 *Bergamot*
[푹신동물 동호회] 길드마스터, 애칭 벨.
동물을 좋아하고 푹신푹신한 것을 보면 정신을
못 차린다.

온리 센스 온라인
12

아로하자초 지음 | **유키상** 일러스트 | **천선필** 옮김

S NOVEL

커버 그림, 본문 일러스트 | **유키상**

Only Sense Online

수룡의 알과 기계장치 마도인형

Only Sense
온리 센스 온라인
Online 12

윤 Yun

최고로 인기 없는 무기 [활]을 택해버린 초심자 플레이어. 수습 생산직으로서 부가 마법이나 아이템 생산의 가능성을 깨닫기 시작하고 ─

뮤우 Myu

윤의 리얼 여동생. 한 손 검과 광 마법을 다루는 성기사로 완전 전위형. 베타판에서는 전설이 될 정도의 치트급 플레이어.

마기 Magi

톱 생산직 중 한 명으로 플레이어들 중에서도 유명한 무기 장인. 윤의 든든한 선배로 충고를 해준다.

세이 Sei

윤의 리얼 누나. 베타판부터 플레이어한 최강 클래스의 마법사. 수 속성을 주로 다루고 모든 등급의 마법을 구사한다.

타쿠 Taku

윤을 OSO로 끌어들인 장본인. 한 손 검을 다루고 경갑옷을 장비하는 검사. 공략에 애쓰는 정통파 플레이어.

클로드 Cloude

재봉사. 톱 생산직 중 한 명으로 의복류 장비품 가게의 주인. 윤이나 마기의 오리지널 장비 클로드 시리즈를 만들었다.

리리 Lyly

톱 생산직 중 한 명으로 일류 목공 기술자. 지팡이나 활 등의 수제 장비는 많은 플레이어에게 인기를 얻고 있다.

서장　꽝 아이템과 고룡 소재

　연말 크리스마스 이벤트, 새해 업데이트 등으로 떠들썩해 졌던 OSO 세계의 분위기가 조금씩 변하기 시작했다.
　현실에서는 새해 연휴가 끝나 학교와 회사가 활동을 다시 시작했고, 그에 맞춰 다시 침착한 분위기로 돌아오기 시작 한 OSO.
　그와 동시에 OSO에서는 어떤 공지사항이 흘러나오고 있 었다.

　——『에리어 전역에 발생한 [냉기 대미지]를 해제하거나 완화하 였습니다. 또한 [열기 대미지]와 [냉기 대미지]의 조정 등을 추가 적으로 진행할 예정입니다.』

　이 업데이트로 인해 제1마을 근처에서는 [냉기 대미지]로 인해 피해를 입지 않게 되었다.
　북쪽 마을이나 동굴 등의 추운 에리어나 던전 같은 곳에 서는 계속 동복 등의 냉기 대책이 필요하지만, 우선 일반적 인 경우에는 동복 장비를 장착할 필요가 없게 되었다.
　나는 오랜만에 하복 사양인 오커 크리에이터를 입은 채 뤼이와 자쿠로를 데리고 톱 생산직인 마기 씨의 가게, [오 픈 세서미]에 와 있었다.

11

"윤 군, 새해는 어땠어? 재미있게 즐겼어?"

"네. 센스 확장 퀘스트로 제11센스도 개방시킬 수 있었어요. 마기 씨는 어떻게 지내셨어요?"

"나는 시치후쿠 군네랑 좀 교류했지. 그렇구나, 센스 확장 퀘스트를 빠르게 클리어한 모양이네. 역시 강한 사람들하고 파티를 맺으면 좋지."

나와 마기 씨는 카운터 너머로 새해를 어떻게 지냈는지 이야기했다. 나는 마기 씨의 파트너인 리쿠르와 내 파트너인 뤼이, 자쿠로가 양쪽 다 새끼 동물 상태로 장난치는 모습을 바라보며 말을 꺼냈다.

"저기, 마기 씨. 상담할 게 있는데요."

"응. 그러려고 온 거지? 괜찮아, 뭔데?"

"아이템이 여러 가지 쌓여서요, 그것에 대해 객관적인 의견을 듣고 싶어요."

나는 그렇게 말한 다음 인벤토리에서 아이템을 꺼내 카운터 위에 올려두기 시작했다.

EX(엑스트라)스킬 [마력부여]로 인해 희미하게 빛나는 포션과 마법약, 합성 스킬을 이용하여 만들어낸 마법공격 경감과 무효화 효과가 있는 [액막이 결계 조각] 등이다.

"음, 이 포션은 지금까지 만들었던 포션보다 2할 정도 효과가 더 좋아요. 마법약 쪽은 무기에 사용해서 속성 대미지를 부여할 수도 있고, 던지면 직접 속성 대미지를 입힐 수 있는 포션이고요. 그리고 이쪽은 마법공격을 경감시키는 금속 조각……."

아이템을 하나하나 설명해나갔고, 그중에는 내가 우선 꽝이라고 생각했던 아이템도 포함되어 있었다.

마기 씨는 그것들을 진지하게 하나씩 살펴보았다.

"저기, 이 아이템들을 팔면 가격이 어느 정도나 될까요?"

나는 신경 쓰였던 부분을 마기 씨에게 물었다.

적당한 가격으로 판매하는 것을 기본적인 마음가짐으로 삼고 있는 톱 생산직 마기 씨에게 대충 가격을 들어보려는 생각으로 귀를 기울였다.

"포션은 단순히 가격을 2할 올리는 것만으로는 안 될 거야. 이 포션의 회복량은 이미 [마력부여]를 하지 않은 하이 포션의 회복량보다 더 높으니까. 마법약 쪽은 효과를 볼 때 1만에서 3만 G 정도가 적당할 것 같은데. 그리고 윤 군이 꽝이라고 했던 아이템도 이런 걸 좋아하는 사람들이 있으니까 적은 수량이라면 수요가 있을 거야."

진지한 표정을 풀고 자상하게 설명해주는 마기 씨를 보고 나도 조금이나마 긴장이 풀렸다.

"그런데── 이 아이템들에 사용한 소재와 센스 요구 레벨을 생각하면 제작비가 꽤 많이 들어간 거 아니야?"

"맞아요. 포션은 [마력부여] 스킬이 필수고, 마법약은 소재가 좀 비싸니까요. [액막이 결계 조각]도 3종 합성이 필요해서 센스 요구 레벨이 꽤 높고요."

내가 곤란하다는 듯이 대답하자 역시나, 그렇게 말하며

살짝 한숨을 쉰 마기 씨.

"나도 생산 계열 퀘스트를 받아서 [마력부여] EX스킬을 가지고 있긴 한데, 대량생산에는 적합하지 않지?"

"네, 포션을 만들려면 MP가 많이 필요하니까 지금 상황에서는 양산할 수가 없네요. 그리고 아무리 포션의 회복량이 하이 포션급이라 해도 아이템 분류로는 여전히 포션이니까요."

아무리 포션 자체의 회복량이 올라간다 해도 센스의 레벨을 올림으로써 얻을 수 있는 SP(센스 포인트)를 일정 이상 얻으면 낮은 랭크 포션에 회복량 제한이 걸린다.

그런 이유 때문에 포션의 회복량을 하이 포션급으로 높이더라도 대체할 수는 없는 것이다.

"그렇지. 같은 생산직이라 해도 [조합] 계열 아이템은 많이 마련할 필요가 있으니까."

내가 포션 제작 쪽 설명을 하자, 마기 씨도 이해해주었다.

그리고, 그렇게 말하며 마법약을 들어 올린 마기 씨.

"윤 군 같은 경우에는 인챈트나 저렴한 매직 젬이 있으니까 이렇게 비싼 마법약은 안 쓸 테고. 다른 공격 계열 아이템하고 비교하더라도 가성비가 안 좋잖아."

"네. 그리고 비슷한 효과를 지닌 아이템이라 해도 소재의 입수 난이도에 따라 가격 차이가 꽤 많이 나니까요. 들어가는 수고보다 더 싸게 팔게 되면 이익이 안 나요."

내가 아이템을 제작할 때는 NPC(논 플레이어 캐릭터)에게 구입한 [중급 약사 기술서]라는 마법약 레시피 책을 기반으로 삼는데, 전부 다 기존 아이템의 하위호환에 불과하다.

유일하게 유용한 아이템인 [액막이 결계 조각]도 마찬가지로 나름대로 제작 비용이 꽤 든다.

그래서 그것들을 팔아 플레이어들의 전투를 보조하기는 힘들겠다고 생각한 나는 마기 씨에게 이런 부탁을 했다.

"──이 아이템 레시피를 [생산 길드]에서 공개해주시겠어요?"

"그래도 돼? 마법약 레시피 같은 건 윤 군에게 귀중한 어드밴티지잖아?"

방긋방긋 웃으며 그렇게 말한 마기 씨의 시선을 보고 나는 약간 불안해져서 변명하는 듯이 내 생각을 말했다.

"무, 물론 전부 다 공개하는 게 아니라 간이판 레시피만요. [조합]이나 [합성] 센스는 알아보기 힘들다고 해야 하나, 다른 생산직에 비하면 눈에 잘 안 띄니까요."

나는 단어를 신중하게 선택하며 마기 씨에게 내 마음을 전했다.

"그러니까 [조합]이나 [합성]으로도 이런 아이템을 만들 수 있다, 그런 희망을 품어줬으면 좋겠어요. 그리고 이 레시피를 기반으로 다른 유용한 아이템이 나왔으면 하고요."

"응. 윤 군이 무슨 생각을 하는 지는 알겠어. 하긴, 다른 플레이어들에게 아이템 생산 레시피가 퍼지면 누군가가 더 효과가 좋은 마법약이나 아이템을 만들지도 모르니까."

내 생각을 제대로 이해해준 마기 씨가 그렇게 말하며 맞장구를 쳐주었다.

"그럼 다른 생산직 사람들에게도 꽝 아이템 레시피 같은 걸 물어보고, 그것들까지 같이 합친 걸 레시피 책으로 만들어서 싸게 파는 건 어떨까?"

마기 씨가 한 말을 듣고 나는 잠시 생각해보았다.

하긴, 레시피 등의 정보에도 가치가 있고, 때에 따라서는 거래의 대상이 될 수도 있으니 전부 다 공짜로 공개한다는 건 너무 성급한 생각일지도 모르겠다.

그리고 공짜로 풀면 어차피 별 볼 일 없을 거라는 생각이 들어 오히려 읽으려는 의욕이 없어질 수도 있다. 그렇게 생각하니 싸게나마 제대로 팔 필요가 있다는 것을 이해할 수 있었다.

그리고 여러 생산직들의 괴짜 아이템이나 꽝 아이템의 레시피를 모음으로써 생산직 전체의 영감을 자극하는 것뿐만이 아니라 다른 플레이어들이 아이템 카탈로그로 이용하게 될 가능성도 있다.

"마기 씨, 그렇게 하면 다른 생산직에게 기술을 공개하는 것뿐만이 아니라 일반 플레이어들이 이용할 수 있는 아이템 카탈로그도 되겠네요."

"그렇지? 나도 언제나 아이디어를 찾고 있거든. 같은 무기만 계속 만들다 보면 매너리즘에 빠지게 되잖아?"

그렇게 말하며 요염함이 섞인 우울한 한숨을 쉰 마기 씨를 보고 가슴이 두근거렸는데, 마기 씨가 말한 그럴 때가 있긴 하다.

나도 계속 같은 포션을 만들 때 가끔 만드는 순서를 바꿔서 효과의 차이에 대해 시험해보거나 미지의 소재를 넣어보기도 한다.

마기 씨도 최근에는 갤리온 건조에 협력하는 등 새로운 것에 도전하며 계속 자극을 추구하고 있었던 것이다.

"지금도 윤 군이 보여준 이 속성공격 계열 마법약을 마법금속과 합쳐서 무기를 만들어보고 싶다거나 이 [액막이 결계 조각] 레시피를 기반으로 마법방어 계열 아이템을 만들어보고 싶다는 생각이 들어서 가슴이 두근거려."

"그거 정말 흥미롭네요! 어떤 타이밍에 마법약을 넣는다거나, 분량을 어느 정도 넣는다거나!"

그렇게 나와 마기 씨는 생산 쪽 화제로 이야기꽃을 피웠다.

"그럼 실제로 해보실래요? 이 분말 타입 마법약 [용열분(마그마 파우더)]을 금속판 사이에 흘려 넣고 금속끼리 접착시키는 단접제 대신 써보는 건 어때세요? 분말이니까 섞어도 원래 소재의 온도가 내려가지도 않을 테니 단접제에 섞을 수도 있을 텐데."

"오~, 그러자! 그러자! 재미있을 것 같아! 나도 [마력부여] EX스킬을 금속에 사용해서 새로운 걸 만들고 싶었거든! 윤 군, 오랜만에 맞메질 좀 도와줄래?"

"네, 알겠어요!"

나는 애용하는 흑철제 망치를 꺼냈고, 마기 씨는 커다란 맞메질용 해머를 준비해 왔다.

그렇게 마기 씨의 공방에 우리가 금속을 때리는 소리가 울려 퍼졌다.

마법약을 용해제 대신 이용한 대장, 세공 기능은 마법로 등으로 금속을 녹여 만드는 합금 주괴 제작과는 다르게 각각 특성이 다른 금속판을 정착시킬 필요가 있다.

가장 기본적인 것이 미스릴과 속성금속의 이중 구조 장비를 만들기 위한 단접이지만, 이번에는 속성금속을 단접시키는 작업을 진행했다.

우선 이미 마기 씨가 [마력부여]를 해두었던 화속성 레드라이트 강판과 수속성 블루라이트 강판 사이에 분말 타입 마법약 몇 종류를 단접제 대신 사용한 다음 해머를 휘둘렀다.

해머로 강판을 두들긴 순간, 그 사이에 단접제 대신 넣어두었던 마법약이 거센 반응을 보이며 그곳에 닿은 금속 표면이 용해될 때 특유의 충격파가 공방에 퍼졌다.

"윤 군, 지금부터야!"

"네!"

나는 마법약의 충격파를 견뎌내며 그 거센 반응으로 인해 달구어진 강판이 빈틈없이 압착, 용해되게끔 온 힘을 다해 망치를 휘둘렀다.

하지만 역시 소재들끼리 상성이라는 게 분명히 존재하는 것 같았다.

그 뒤로도 여러 가지 속성들끼리 단접해본 결과, 화속성과 수소성, 풍속성과 토속성, 광속성과 암속성 같은 상극 관계에 있는 소재들끼리 단접시키는 것은 예상했던 대로 모두 실패했다.

그리고 상극 관계 이외의 조합…… 다시 말해 한쪽이 화속성이면 다른 한쪽에는 수속성 말고 다른 소재를 선택해서 단접시켜보니 성공했다.

"화속성과 수속성의 조합은 반발이 너무 심해서 같은 종류나 다른 속성 마법약으로 단접시키는 건 불가능하네요."

"사람들하고 마찬가지로 상성이 나쁜 상대가 무조건 약점인 건 아니겠지. 싫어서 반발하는 경우도 있잖아? 그래도 서로 반발하거나 한쪽만 강해지는 조합은 언젠가 반드시 문제가 생길 테니 일찌감치 균형을 잡을 필요가 있겠지만."

그렇게 도출된 가장 질 좋은 금속을 만드는 법은 광속성, 암속성을 제외하고 반발하지 않는 속성금속 조합에 광속성이나 암속성 마법약 용해제를 사용하는 방법이었다. 예를 들면, 화속성 금속과 풍속성 금속을 단접시킬 때 광속성 마법약을 사용하는 것이다. 이렇게 하면 화속성, 풍속성, 광속성, 이렇게 세 가지 속성을 지닌 마법금속을 만들어낼 수 있게 된다.

"오~, 이제 지금까지 만들 수 없었던 두 가지 이상의 속성을 지닌 마법금속 무기를 만들 수 있겠네. 하지만 광속성과 암속성은 인기가 특히 좋은 무기니까 양쪽 속성을 지닌 마법금속을 만들 수 없는 건 좀 아쉬워."

"어라? 못 만드나요?"

"만들 수 있다 해도 쌍검으로 만들어서 각각 광속성, 암속성으로 만들거나 어떤 무기에 나중에 추가효과를 붙여서 두 가지 속성으로 만들 수 있긴 해도, 처음부터 광속성하고 암속성을 둘 다 지닌 무기는 아무도 못 만들었거든."

그렇게 말하며 지금 만들 수 있을 것 같은 단접 마법금속 주괴 레시피를 종이에 적기 시작하는 마기 씨.

"휴우, 그런데 이 기술은 주로 무기의 칼날을 가공할 때 쓰게 되려나? 이렇게 되니 더 다양한 소재로 시험해보고 싶어지는데. 그러려면 더 다양하고 많은 소재가 필요해지겠지만."

그렇다면 골치 아프겠는데, 그렇게 말하며 웃는 마기 씨를 보고 나는 쓴웃음을 지었다.

그때 가게 입구의 문이 열리는 소리가 들렸고, 마기 씨와 함께 고개를 들어보니 그곳에는 낯익은 두 플레이어가 서 있었다.

●

두 사람은 소재 상인이라 자칭하는 [연금], [합성] 계열 생산직인 에밀리 양과 사역 MOB을 다수 거느리고 있는 레티아였다.

둘 다 잘 알고 있는 사람이었기에 한 손을 살짝 들어 인사했다.

"에밀리 양, 안녕."

"윤 군, 안녕. 마침 잘됐네. 마기 씨하고 같이 있었구나."

"에밀리, 어서 와. 오늘은 저번에 부탁했던 미스릴 금속실이 완성된 거야?"

"네. 납품할게요."

나는 가게 안을 멍하게 둘러보고 있던 레티아와 그녀의 사역 MOB, 라나 버그인 키사라기를 힐끔 본 다음 에밀리 양을 보자 그녀가 은빛으로 반짝이며 부드러워 보이는 금속실 다발을 마기 씨에게 건네며 미소 짓고 있었다.

"그런데 말이지. 항상 혼자 다니는 에밀리가 다른 사람을 데리고 오는 건 드문 일 같은데, 오늘은 무슨 일이야?"

마기 씨는 항상 그랬던 것처럼 망설임없이 신경 쓰이는 부분에 대해 질문했다.

그러자 에밀리 양은 쓴웃음을 지으면서도 바로 용건에 대해 말했다.

"한 가지는 미스릴 금속 실에 대한 보고. 다른 한 가지는 마기 씨와 윤 군에게 부탁할 게 있어서요."

"보고하고…… 부탁?"

마기 씨가 고개를 갸웃거리는 한편, 나는 미스릴 금속 실에 대한 보고라는 점에서 대충 예상이 되었다.

에밀리 양의 [합성] 센스로도 금속 실을 만들 수 있긴 하지만 레티아가 있는 걸 보니 이번에 납품한 미스릴 금속 실은 레티아의 사역 MOB인 키사라기가 만든 것 같다.

"이번 미스릴 금속 실은 제 [합성] 센스 레벨이 부족해서 만들 수 없었어요."

"그래도 완성품이 여기 있잖아. 음~, 그리고 평소에 납품할 때 혼자 오는 에밀리가 다른 사람을 데리고 온 걸 보니……."

"원래 금속 실은 레티아의 사역 MOB이 만든 아이템을 [연금]과 [합성] 센스로 재현한 거니까요."

그 말을 듣고 흐음, 그렇게 말하며 미스릴 금속 실과 레티아를 번갈아가며 보는 마기 씨.

"에밀리는 참 성실하구나. 일부러 다른 사람의 성과라는 걸 말하다니."

"후훗, 저는 일부러 자신을 과장할 생각이 없으니까요. 그리고 지금은 만들지 못하지만, 금방 레벨을 올려서 만들 수 있게 될 거고요."

에밀리 양이 자신만만한 미소를 지으며 그렇게 딱 잘라 말했다.

"그렇구나. 뭐, 미스릴 금속 실 이야기는 알겠어. 그런데 윤 군은 방금 그 이야기를 듣고도 놀라지 않네?"

"네?! 아, 저기, 그러니까……."

갑자기 마기 씨가 내게 말을 걸자, 나는 당황해서 말을 얼버무렸다.

"윤 군, 예전부터 에밀리나 레티아하고 친했으니까. 그리고 금속 실 레시피도 알고 있고. 예전부터 금속 실의 비밀에 대해서 알고 있었지?"

"후훗, 윤 군은 표정을 알아보기 쉽죠."

마기 씨와 에밀리 양이 그렇게 동시에 말하자, 나는 그렇게 감정이나 생각이 얼굴에 잘 드러나 싶어서 나도 모르게 내 얼굴을 쓰다듬었다.

"윤 씨, 신경 쓰지 마세요."

"으윽, 레티아, 미안해."

"들키더라도 저한테 제작 의뢰가 오지 않기만 하면 돼요. 그 대신 아무 거나 먹을 걸 주세요."

여기로 걸어오는 동안 배가 꺼졌는지 두 손을 내미는 레티아에게 인벤토리에서 과자를 꺼내 건넸다.

"만들어둔 게 과자밖에 없는데, 괜찮아?"

"와~, 윤 씨의 과자는 맛있어서 좋아해요."

"그, 그래?"

"네. 마음이 담겨 있어서 따스한 느낌이 들어요."

내가 레티아에게 과자를 주며 비위를 맞춰주고 있던 한편, 옆에서는 마기 씨와 에밀리 양이 교섭을 하고 있었다.

"그리고 부탁 이야기 말인데요, 저희는 화석이 필요해요. 윤 군하고 마기 씨, 화석을 많이 가지고 계시지 않나요? 용계열 소재라도 상관없는데요."

"화석?"

나와 마기 씨가 고개를 갸웃거리며 가지고 있는 아이템 상황에 대해 이야기하기 시작했다.

　"화석은 예전부터 다른 사람에게 사들인 게 있고, 광석을 채굴할 때 나온 것도 모아두었어. 뭐, 거의 다 미감정 상태지만."

　"나는 정기적으로 화석을 NPC에게 감정해달라고 해서 아이템으로 만들어두고 있으니까 화석 재고는 없네. 하지만 용 계열 소재는 좀 있으니까 원하는 게 있으면 찾아줄게."

　그렇게 말한 마기 씨를 보고 에밀리 양은 약간 안심했다는 표정을 지었고, 내가 건넨 쿠키를 냠냠 먹고 있던 레티아도 기쁜 듯한 모양이었다.

　"그런데 에밀리 양하고 레티아는 화석을 모아서 뭘 하려고?"

　"레티아가 어떤 화석에서 [고대룡의 앞다리뼈]라는 아이템을 얻었어. 보통은 소재 아이템으로 사용하겠지만 [연금]과 [합성] 센스로는 다르게 쓸 수도 있거든."

　"다르게 쓴다고?"

　마기 씨가 되묻자, 에밀리 양이 고개를 끄덕였다.

　"특정한 계통 아이템을 여러 개 합성한 다음 다른 특정한 아이템을 사용함으로써 그 아이템 계통의 MOB을 부활시킬 수 있어."

　"MOB을 부활시킨다고?! 아까 용 계열 소재가 필요하다고 했었지. 다시 말해 용 계열 소재 아이템을 사용하면 용 합성 MOB을 만들 수 있다는 뜻이야?! 그런 게 가능해?!"

나는 들어본 적도 없는 새로운 합성 센스 가능성을 느끼고 흥분해서 채근하는 듯이 물었다.

그 모습을 보고 있던 자쿠로와 리쿠르, 레티아의 사역 MOB들과 가게 구석에서 장난치고 있던 뤼이가 내 곁으로 와서 내 옆구리에 박치기를 날렸다.

"끄억, 뤼, 뤼이. 아파."

흥, 그렇게 코웃음을 치고 자쿠로와 다른 동물들 곁으로 돌아간 뤼이. 뤼이의 박치기로 인해 흥분이 가신 나는 마기 씨와 다른 사람들이 쿡쿡대며 웃자 창피해졌다.

"윤 군이 흥분한 것도 이해가 되긴 해. 하지만 합성 MOB 하고는 좀 다르지. 일반적인 MOB으로 부활시키는 거야."

합성 MOB은 여러 가지 속성을 지닌 소재를 사용하고 강화 같은 것을 할 경우에는 핵석으로 합성해나가게 된다.

하지만 이번에는 일반적인 MOB으로 부활시킨다고 한다. 신경 쓰일 수밖에 없지.

"그러니까, 합성 스킬로 만들어낸 것은 합성 MOB이지 진짜 용이 아니라는 뜻이야. 실제로 존재했던 용의 화석으로부터 복원해낸 용의 소재에 일정한 랭크 이상 용의 소재를 넣음으로써 진짜 용을 부활시킬 수 있게 된 거고."

"호오, 그런 것도 할 수 있구나."

"그래도 정작 중요한 용 계열 소재가 부족하거든요. 그러니까 협력 좀 해주세요."

에밀리 양이 그렇게 부탁하자, 마기 씨도 호기심을 억누를 수 없다는 듯이 고개를 끄덕였다.

"알았어. 나도 협력할게."

"나, 나도 에밀리 양하고 레티아에게 협력할게."

마기 씨가 한 말을 듣고 나도 무심코 협력하겠다는 말을 꺼냈다.

"감사합니다. 원래는 제가 부탁해야 하는데."

에밀리 양 옆에 서 있던 레티아가 한 발짝 앞으로 나와 고개를 꾸벅 숙였다.

"괜찮아. 내가 재미있을 것 같아서 하겠다는 거니까! 이번 의뢰로 레티아하고도 알고 지내게 되었고, [용의 부활]로 인해 에밀리의 센스 레벨이 올라가면 미스릴 금속 실을 만들 수 있게 될지도 모르잖아."

그러니까 이건 투자야, 그렇게 대답한 마기 씨를 보고 레티아도 안심한 모양이었다.

그런데——.

"투자라고 말하긴 했지만, 공짜로 소재를 주는 건 좀 그렇지. 그럼 언니가 조건을 하나 내걸도록 할까?"

협력하긴 하겠지만 대가도 받는다, 그런 주의인 마기 씨는 턱에 손을 대고 잠시 생각한 다음 문득 무언가 떠올랐는지 즐거워 보이는 미소를 지으며 우리에게 물었다.

"저기, 다들 새해 업데이트 추가 퀘스트에 흥미 없어?"

마기 씨의 질문, 우리는 그것에 담겨 있는 진짜 의도를 알

지 못한 채 고개를 끄덕였고 곧바로 퀘스트 공략을 하러 나
가게 되었다.

1장　황야 에리어와 유적

　우리는 마기 씨를 따라 새해 업데이트로 추가된 퀘스트 NPC에게 퀘스트를 받기 위해 파티를 짜게 되었다.

　마을 변두리로 간 다음, 예술가의 아틀리에 같아 보이는 건물 안에서 나온 청년 NPC에게 마기 씨가 말을 걸었다.

　"안녕하세요."

　"아, 나는 지금 새 그림을 그리고 있는데 아무리 해도 내가 생각했던 색이 나오지 않는단 말이지. 그래서 예전에 위대한 화가가 즐겨 사용했다는 염료를 가져와 줬으면 해! 분명 멋진 색이 나올 테니까."

　──[심부름 퀘스트 · 예술가가 추구하는 색]──
　소재 납품 (강정체리 0/5, 라피스 라줄리 원석 0/5, [염색벌레] 10마리 1세트 0/5)

　"마기 씨, 이게 그 퀘스트인가요?"

　"그래. 퀘스트 아이템 수집 계열인데, 이 아이템을 채집할 수 있는 에리어에서 내 센스 확장 퀘스트에 필요한 납품 소재도 채집할 수 있거든."

　마기 씨에게는 그야말로 일석이조로 짭짤한 퀘스트인 것이다.

"그럼 포탈로 이동할까?"

"""——네!"""

마기 씨가 앞장서서 포탈을 통해 이동한 곳은—— 제1마을에서 남쪽으로 간 곳에 있는 [미궁거리] 포탈.

목적지 에리어는 [미궁거리]에서 더 남쪽으로 간 곳에 있는 황야 에리어였다.

차폐물이 별로 없고 평탄한 필드가 넓게 펼쳐져 있었다. 그런 황야 에리어에 일반 플레이어보다 속도가 빠르고 기동력이 뛰어난 중형 MOB이 돌아다니고 있어서 많은 플레이어들이 그 적 MOB에게 쫓기곤 했다.

하지만 황야 에리어의 골치 아픈 점은 기동력이 뛰어난 적 MOB뿐만이 아니었다.

적 MOB으로부터 도망치기 위해 뛰어다니게 되는 필드 곳곳에 존재하는 독을 비롯한 여러 가지 상태이상(배드 스테이터스)을 거는 천연 함정이 설치되어 있고, 거친 지면 아래에는 플레이어들의 발소리에 반응하여 습격하는 두더지형 MOB이 숨어 있다.

"자, 진형은 나하고 에밀리가 전위, 윤 군하고 레티아가 후위야. 다들 탈 수 있는 사역 MOB이나 합성 MOB이 있으니까 편하지."

마기 씨가 그렇게 말하자, 우리는 각각 사역 MOB들을 소환하여 등에 올라탔다.

"뤼이, 이번에도 잘 부탁할게. 여기부터는 위험하니까 자쿠로는 돌아가고. ──《송환》."

"뀨우~."

나는 성수화한 뤼이의 목덜미를 한 번 쓰다듬은 뒤 자쿠
로도 마찬가지로 쓰다듬어준 다음 소환석으로 되돌리고 다
른 사람들을 둘러보았다.

마기 씨는 파트너, 펜릴(마빙랑)인 리쿠르를 성수화시켰고,
에밀리 양은 짐승을 기반으로 만든 기승용 합성 MOB을 소
환했다.

레티아는 페어리 팬서인 후유 말고도 정찰용으로 밀버드
인 나츠와 불덩이 MOB, 윌 오 위스프인 아키도 함께 불러
냈다.

"자, 퀘스트 아이템하고 기타 소재를 찾으러 가자. 사역
MOB은 빠르니까 적 MOB에게 쉽게 잡히지는 않겠지만 혼
자서는 불안했거든. 모두와 함께 와서 다행이야."

"그럼 저는 나츠와 아키에게 하늘 위에서 경계하라고 할
게요."

"전투는 기본적으로 피하는 게 좋겠지. 굳이 전투를 벌여
야 할 때는 내가 화살로 끌어들일까?"

"부탁드릴게요. 하늘은 제가, 지상은 윤 씨, 이렇게 이중
으로 경계하죠."

우리는 그렇게 대충 방침을 정하고 [미궁거리]를 나선 시
점에서 뤼이와 다른 사역 MOB을 타고 황야 에리어로 들어
갔다.

그리고 바로 함정에 맞닥뜨렸다.

"마기 씨, 에밀리 양, 잠깐만."

나는 황야로 들어가자마자 정지하라는 지시를 내린 다음 마기 씨와 다른 사람들이 멈춘 것을 확인하고 활에 화살을 메겼다.

그리고 땅속에 숨어 우리가 통과하는 것을 기다리던 적 MOB에게 화살을 날려 선제공격을 가했다.

내 공격에 깜짝 놀라 두더지형 MOB인 바늘함정 두더지가 땅속에서 뛰쳐나오자, 마기 씨의 리쿠르가 앞발을 휘둘러 해치웠다.

"오~, 전혀 몰랐는데. 탐색을 시작하자마자 뼈아픈 환영을 당할 뻔 했어. 고마워."

뒤를 돌아보고 내게 미소를 지으며 고맙다고 하는 마기 씨.

그 직후, 내 옆에서 하늘을 올려다보고 있던 레티아가 소리쳤다.

"나츠가 가까운 채집 포인트를 발견한 모양이에요. 안내해주는 대로 가볼까요?"

주위를 경계하기 위해 날려 보냈던 밀버드 나츠가 우리 위에서 선회하고 있었고, 우리가 레티아의 제안을 받아들이고 안내를 부탁하자 나츠는 우리들이 쫓아갈 수 있을 정도의 속도로 날아갔다.

"자, 아이템을 모으자!"

마기 씨는 더더욱 의욕을 냈고, 모두 함께 밀버드 나츠를 쫓아갔다.

평탄한 황야 에리어에 중형 MOB 무리가 에리어 안을 순회하는 듯이 뛰어다녔고, 강해 보이는 적 MOB이 바위나 지면에 의태해 있는 것을 발견했다.

우리는 그런 MOB들과 맞닥뜨리지 않게끔 약간 돌아가며 에리어의 채집 포인트로 향했다.

"여기가 그곳인 모양이에요."

밀버드의 안내를 받고 간 곳은 적갈색 황야와는 대조적으로 녹색 식물이 자라나 있는 곳이었다.

우리는 땅속의 기습을 경계하며 사역 MOB의 등에서 지면으로 내려왔다.

"음~. 여기에는 채굴 포인트가 없는 모양이네. 적 MOB도 없고, 천연 함정도 없는 걸 보니 세이프티 에리어인가?"

"그럼 여기서 모을 수 있는 건 얼마 안 되겠네요."

그리고 자라나 있는 식물을 신중하게 조사해나가는 마기 씨와 에밀리 양을 지키기 위해 내가 주위를 경계했다.

"에밀리, 뭔가 찾아낸 거 있어?"

"아뇨, 쓸 만한 아이템은 없네요."

"음~, 이상하네. 이곳에만 식물이 자라나 있는 걸 보니 뭔가가 있을 법 한데."

황야에 덩그러니 존재하는 자그마한 녹지대에 아무것도 없을 리가 없다는 마기 씨와 에밀리 양의 이야기를 들으며 내가 고개를 갸웃거리고 있자니 마찬가지로 주위를 경계하고 있을 줄 알았던 레티아가 그 자리에 주저앉아 뭔가 하고 있었다.

"레티아? 뭐하는 거야?"

"윤 씨, 벌레는 새우 같은 맛이 난다던데요. 먹을 수 있을까요?"

"아, 일단 배럿 로커스트 같은 메뚜기형 MOB의 드롭 아이템은 먹을 수 있는 모양인데, 굳이 말하자면 식재료보다는 약의 재료라는 느낌이 강하지."

내가 그렇게 대답하며 주저앉아 있던 레티아의 손 근처를 들여다보니, 레티아는 지면에 떨어져 있던 커다란 돌을 뒤집어서 그 뒤쪽에 결정화되어 달라붙어 있는 것 같은 검붉은 공벌레 무리를 발견했다.

"레티아! 잘했어! 마기 씨! 에밀리 양! 레티아가 [염색벌레]를 발견했어요!"

"어? 정말?! 지금 갈게!"

녹지대 주변을 탐색하던 마기 씨와 에밀리 양이 허둥대며 돌아와서 레티아가 뒤집은 돌 뒤쪽을 들여다보았다.

[염색벌레]는 등만 보면 루비처럼 예쁘지만 배 쪽은 공벌레와 똑같이 생겼기에 무심코 그 부분을 봐버린 마기 씨와 에밀리 양이 질색하는 표정을 지으며 다른 곳으로 가버렸기에 나와 레티아가 [염색벌레] 50마리를 모으게 되었다.

"[염색벌레]의 아이템 설명을 보니 먹을 수 없는 것 같네요. 좀 아쉬워요."

"마기 씨하고 에밀리 양은 기분 나빠했지만, 나는 꽤 귀여운 것 같은데. 뭐, 너무 크면 징그럽겠지만."

센스 확장 퀘스트 때 맞닥뜨렸던 거대한 공벌레 타입 포스 MOB인 [황제무지벌레]만큼 크면 징그러울 것 같다는 생각을 하면서 [염색벌레]를 손가락으로 찔러보니 몸을 둥글게 말았고, 달라붙어 있던 돌에서 후두둑 떨어졌기에 주워 모았다.

나와 레티아가 눈 깜짝할 새에 지정된 숫자를 다 모았지만, [염색벌레]를 아이템 염색 등에 사용할 수도 있을 것 같아 최대한 회수하기로 했다.

그리고 다른 납품 아이템을 모으기 위해 다시 사역 MOB을 타고 황야를 달려간 우리는 커다란 바위 채굴 포인트를 발견했고, 이번에는 나와 마기 씨, 에밀리 양, 이렇게 셋이서 채굴을 진행하는 동안 레티아와 사역 MOB 모두가 경계를 맡았다.

"레티아. 적은 안 오지?"

"괜찮아요. 하늘은 나츠하고 아키, 지상은 후유가 보고 있으니까요."

커다란 바위 위에 서서 주위를 둘러보고 있던 레티아는 사역 MOB들에게 지시를 내리며 주위를 경계하고 있었다.

우리는 그대로 어느 정도 채굴을 진행한 다음 입수한 아이템을 그 자리에서 확인했다.

"윤 군하고 에밀리는 어느 정도 얻었어?"

"꽤 여러 가지 종류를 모았네요."

"저도 그럭저럭."

우리는 채굴을 통해 회수한 아이템을 종류별로 나누어 확인해 나갔다.

"금광석하고 철광석, 그리고 마법금속 중에서는 그란라이트 광석하고 게일라이트 광석이구나. 그밖에는 암염 조금."

"전체적으로 금속 계열이 많네. 그래도 라피스 라줄리 원석도 필요한 숫자만큼 모였고. 다행이야, 나는 하나밖에 못 찾았는데."

"이제 두 번째도 달성했구나. 윤 군, 에밀리, 고생했어. 납품 아이템 말고 다른 것들은 돌아가서 다 같이 나누자."

마기 씨의 지시를 받고 확인하던 아이템을 인벤토리에 넣고 있자니 레티아가 소리쳤다.

"여러분! 적 MOB이 접근하고 있어요! 전투 준비, 부탁드립니다!"

하늘을 올려다보고 있던 레티아가 경고하자, 우리는 곧바로 각자 무기를 꺼내들었다.

"레티아, 적은 어느 쪽에 있어?!"

에밀리가 강한 말투로 적의 습격 방향을 묻자, 커다란 바위 위에 서 있던 레티아가 해가 떠 있는 방향을 손가락으로 가리켰다.

우리도 서둘러 눈부신 태양을 손으로 가리며 하늘 위를 올려다보았다.

레티아가 가리킨 곳에서는 그림자 같은 것이 태양의 윤곽에 가려졌다 나타났다 하면서 잘 보이지 않는 와중에도 존재를 확인할 수 있었다.

"저건── 소닉 콘돌이라는 MOB이구나. 태양을 등진 채 숨어 있었던 건가? 미처 몰랐네."

"네. 아키가 발견해줬어요."

레티아 옆에 둥실둥실 떠 있던 윌 오 위스프인 아키 덕분에 적에게 기습당하는 것은 미연에 방지할 수 있긴 했지만, 마기 씨와 에밀리 양은 작게 보일 정도로 높은 하늘에서 급강하하는 커다란 새 형태 MOB인 소닉 콘돌을 공격할 방법이 없었기에 계속 대기하고 있었다.

"자, 지금은 내가 나설 차례구나."

차폐물이 별로 없어 위험한 황야 에리어, 갑자기 적 MOB이 하늘에서 습격하면 정신없이 도망치게 마련이고, 지하에서는 바늘함정 두더지가 발치를 노리고, 기동력이 뛰어난 중형 적 MOB에게 쫓겨다니게 되곤 한다.

"《인챈트》── 어택. 《엘레멘트 인챈트》── 웨폰."

나는 인챈트로 나 자신을 강화시키고 상공에서 선회하고 있는 소닉 콘돌을 노리며 활에 화살을 메겼다.

인챈트로 인해 나 자신의 물리공격력을 올리고 화살에 풍속성을 부여한 나는 소닉 콘돌이 급강하하는 타이밍에 맞춰 아츠를 날렸다.

"──《궁기 · 단발꿰기》!"

상공에서 수직강하며 우리를 노리던 소닉 콘돌은 멈출 수가 없어서 내가 날린 화살의 사선을 향해 계속 급강하했다.

그리고 상공으로 솟구친 화살이 소닉 콘돌의 몸에 박히자, 소닉 콘돌이 공중에서 균형을 잃고 곧바로 나선을 그리며 추락했다.

"좋아, 성공이다."

"맞았네요. 게다가 일격에 해치우다니, 대단해요."

우리는 멀리 추락한 소닉 콘돌이 빛의 입자로 변해 사라지는 것을 바라보고 있었는데, 숨을 돌릴 여유는 없는 것 같았다.

"윤 군, 레티아. 바늘함정 두더지가 다가오고 있어!"

"알았어요. 에밀리 양은 마기 씨를 보조해줘! 나하고 레티아가 같이 원거리에서 쓰러뜨릴게."

"나츠하고 아키는 땅속에서 날리는 공격을 받아내는 데 유리하니까 한 마리를 맡길 수 있어요. 후유는 저를 태우고 피해주세요."

각각 땅속에서 다가오는 바늘함정 두더지를 요격할 준비를 갖춘 다음 바로 전투를 시작했다.

만약 소닉 콘돌과 동시에 습격했다면 고전하는 정도가 아니라 파티가 전멸했을 가능성도 있었을 거라 생각하니 등골이 오싹해졌다.

하지만 실제로는 소닉 콘돌이 급하게 공격했기에 내가 일격에 쓰러뜨릴 수 있었고, 그 뒤로 이어진 바늘함정 두더지의 습격에도 냉정하게 대처할 수 있어서 짧은 시간만에 모든 적을 쓰러뜨렸고, 겨우 숨을 돌릴 수 있었다.

"다들 고생했어. 아까 그 녹지대로 가서 좀 쉬자."

"그래요. 좀 피곤하네요."

내가 힘없이 웃자, 에밀리 양과 레티아도 고개를 끄덕이며 동의했다.

우리는 다시 사역 MOB을 타고 처음 찾아낸 세이프티 에리어 같아 보이는 황야의 녹지대로 향했다.

적 MOB과 마주치지도 않고 녹지대에 도착한 우리는 앉기 편해 보이는 돌 위에 걸터앉았고, 나는 모두에게 수통에 든 차를 대접했다.

"휴우, 좀 살겠네. 윤 군, 고마워."

"윤 씨, 윤 씨. 그거 주세요."

"그래, 그래."

"와~. 윤 씨, 정말 좋아요."

모두가 차를 마시며 숨을 돌렸고, 레티아가 재촉했기에 나는 인벤토리에서 포장해둔 쿠키 한 봉지를 꺼냈다.

그것을 나츠, 아키, 후유와 함께 먹고 만복도를 회복시킨 다음 숨을 돌린 레티아는 문득 좀 전에 전투를 벌였을 때 신경 쓰였던 점을 물었다.

"그러고 보니 윤 씨, 아까 그 소닉 콘돌에게 일격을 날렸을 때 특별한 기술 같은 걸 쓴 건가요?"

"아~, 그거 말이지."

나는 쓴웃음을 지으며 간단히 쓰러뜨린 이유를 설명했다.

"사실 [마비약]을 합성한 마비화살을 썼어. 그래서 아마 마비되어서 날지 못하게 되었을 테고, 마지막에는 낙하로 인한 지형 대미지 때문에 숨이 끊어졌겠지."

"그런 건가요?!"

"그래, 그러니까 딱히 내가 강해졌다거나 엄청난 기술을 쓴 게 아니라 운이 좋았을 뿐이야."

그런 내 설명을 듣고 감탄한 레티아와는 대조적으로 마기 씨와 에밀리 양은 어이가 없다는 기색을 보였다.

"윤 군, 나쁜 버릇이야. 운으로 모든 게 잘 풀리면 다들 고생할 일이 없을걸?"

마기 씨가 쓴웃음을 지으며 그렇게 말하자, 이번에는 내가 귀를 기울였다.

"퀘스트를 받기 전에 미리 조사해봤는데, 소닉 콘돌은 급강하할 때 바람의 장벽을 펼친대. 약한 마법 정도면 그냥 튕겨내버리니까 그 장벽을 화살로 관통한 건 대단한 거야."

"정말인가요?!"

"윤 군, 자신이 없구나. 누나가 윤 군의 힘을 보증해줄게!"

마기 씨에게 칭찬받은 나는 애매하게 웃으면서 센스 스테이터스를 확인했다.

소지 SP 15

[활 Lv54] [장궁 Lv37] [마궁 Lv20] [하늘의 눈 Lv20] [간파 Lv33]

[준족 Lv25] [마도 Lv26] [대지속성 재능 Lv7] [부가술 Lv49]

[조교 Lv33] [물리공격 상승 Lv18]

대기

[조약사 Lv15] [연금 Lv46] [합성 Lv46] [조금 Lv28]

[생산직의 소양 Lv10] [요리인 Lv15] [수영 Lv18] [언어학 Lv25]

[등산 Lv21] [신체내성 Lv5] [정신내성 Lv4] [선제의 소양 Lv11]

[급소의 소양 Lv10] [염동 Lv3]

　소닉 콘돌의 바람 장벽은 여러 가지 활 계열 센스를 장비함으로 인해 관통력이 올라간 것과 [물리공격 상승] 센스의 보정, 인챈트로 인한 스테이터스 상승 등으로 인해 관통시킬 수 있었던 것 같다.

　하지만 기뻐하고만 있을 수는 없었다.

　내가 강해지기는 했지만 [황제무지벌레]처럼 진짜로 방어력이 높은 적에게 유효타를 날릴 수 없다는 사실도 알고 있다.

　나는 약한 적에게만 강하다는 것을 알고 있기 때문이다.

●

　황야의 녹지대에서 잠시 쉰 우리는 나머지 납품 아이템인 [강정체리]를 찾아 다시 이동하기 시작했다.

그와 동시에 에밀리 양과 레티아가 원하는 용 계열 [화석]도 확보하기 위해 황야의 채굴 포인트도 둘러보고 있자니 아무것도 없는 평지에서 갑작스럽게 채굴 포인트를 찾아냈다.

"신기하네. 이런 평지에 채굴 포인트가 있다니."

처음 찾아낸 건 에밀리 양이었다. 적갈색 황야의 대지에서 약간 흰색 지면을 발견하고 다가가보니 그곳이 채굴 포인트였던 것이다.

"그럼 저는 채굴 스킬이 없으니 주위를 경계하고 있을게요."

"그래, 레티아. 부탁할게."

이미 황야에서 탐색할 때 암묵적인 역할분담이 이루어지고 있었고, 레티아와 사역 MOB들이 경계하고 나, 마기 씨, 에밀리 양, 이렇게 셋이서 채굴을 맡았다.

평지 채굴 포인트에서는 커다란 바위에서 채굴할 때처럼 곡괭이를 휘두르는 것이 아니라 농업용 삽을 꺼내 지면을 파나갔다.

"오, 아이템 발견…… 아니, [잡동사니]잖아."

"윤 군, [잡동사니]를 찾아냈어? 그럼 나중에 나한테 줘."

"저도 [잡동사니]를 찾아냈는데, 나중에 드릴게요."

"고마워, 에밀리."

평지 채굴 포인트를 어느 정도 파내는 동안 나온 것은 광석 조금, 나머지는 [화석]과 [잡동사니] 계열 아이템이었다.

에밀리와 레티아가 찾던 [화석]은 감정함으로써 식물 씨앗이나 MOB의 일부분인 생산소재를 얻을 수 있고, 에밀리 양은 그것들을 활용하여 MOB을 부활시킨다고 했다.

[잡동사니]도 마찬가지로 감정함으로써 검이나 투구 같은 무기, 방어구로 활용할 수 있다고 한다.

하지만 [화석]과 마찬가지로 [잡동사니]에서 유용한 아이템이 나오는 경우는 매우 희귀하고 대부분 토우 조각이나 녹슨 검, 부러진 검 등 말 그대로 잡동사니 아이템이기 때문에 대부분 괴짜 아이템으로 취급하곤 한다.

"평지 채굴 포인트에는 [화석]이나 [잡동사니]가 많아서 대다수의 플레이어들은 별로 짭짤하지 않겠네."

대충 채굴을 마친 내가 중얼거리자, 마기 씨가 쓴웃음을 지었다.

"그래. 이용가치가 큰 광석을 노리려면 커다란 바위 채굴 포인트가 좋겠지만, 이번에 우리는 [화석]을 노리고 있으니 계속 평지 채굴 포인트를 돌아다니자."

"그럼 그쪽을 우선적으로 찾으라고 할게요. 나츠, 잘 부탁해요."

계속 경계하면서도 우리가 하는 이야기에 귀를 기울이고 있던 레티아가 밀버드인 나츠에게 주위를 탐색하게 했다.

그리고 잠시 후 돌아온 나츠의 안내에 따라 우리는 황야를 안전하게 이동하여 두 번째 평지 채굴 포인트에 도착할 수 있었다.

그리고——.

"아, 큰일이네요."

"응? 레티아, 왜 그래?"

다음 채굴 포인트로 가기 위해 뤼이를 타려던 참에 레티아가 그렇게 중얼거리자, 모두가 굳었다.

뭔가 문제라도 생긴 건가? 그렇게 생각하자 걱정이 되었다.

"배가 고파요. 먹을 것 좀 주세요."

"또냐. 정말…… 자."

걱정해서 손해봤네, 그런 생각이 들었다. 나는 미워할 수 없는 미소를 지으며 두 손을 내미는 레티아에게 한숨을 쉬며 인벤토리에서 샌드위치를 꺼내 건넸다.

"와~. 윤 씨의 샌드위치예요."

기뻐하며 받아든 레티아는 바로 맛있게 먹기 시작했다.

그 모습을 보니 기분이 나쁘진 않았기에 나는 무심코 쓴 웃음을 지어버렸다.

"나도 좀 피곤한데. 에밀리는 어때?"

"그럼 나머지 퀘스트 아이템을 수집한 다음에 돌아가서 보고할까요?"

마기 씨와 에밀리 양이 새로운 방침을 정하고 있자니 샌드위치를 다 먹은 레티아가 끼어들었다.

"나츠하고 아키에게 계속 [강정체리]를 찾으라고 부탁해 두었으니 바로 안내할 수 있어요."

"레티아. 눈치가 빠르구나."

"네, 황야의 버찌. 가혹한 환경의 과일은 분명 맛있겠죠."

"이봐, 역시 먹을 것 생각이 제일 먼저 들어?"

황홀한 듯이 중얼거리는 레티아에게 내가 태클을 걸자, 이번에는 마기 씨와 에밀리 양이 쓴웃음을 지었다.

그리고 다시 사역 MOB을 타고 이동하여 밀버드인 나츠의 안내에 따라 [강정체리]가 있는 곳에 도착하자 그곳에는 이 황야 에리어에서 특히 눈에 잘 띄는 나무 한 그루가 있었다.

새빨갛고 윤기가 있는 버찌처럼 생긴 [강정체리] 열매가 맺혀 있는 그 나무는 커다란 나무에 뿌리를 내린 듯이 자라나 있었다.

"저거 왠지 수상쩍은데."

"그래, 척 보기에도 함정 같은데. 센스는 반응해?"

마기 씨의 말을 듣고 보니 내 [간파] 센스가 반응하긴 했지만 어떤 종류인지는 알 수가 없었다.

"죄송해요. 센스가 반응하긴 하는데 어떤 건지는 모르겠어요."

"그럼 함부로 손을 대면 안 되겠네."

내 말을 듣고 바위 위에 자라난 나무를 지긋이 바라보는 에밀리 양.

레티아는 저 버찌를 먹어보고 싶다는 분위기를 온몸으로 내뿜고 있었고 실제로 작은 목소리로 나무에 맺혀 있는 [강정체리]의 숫자를 세고 있었다.

"내 [간파] 센스로도 어떤 반응인지 모르니 어떻게 할 수가 없겠는데."

"윤 씨, 나츠에게 따오라고 할까요?"

레티아가 그렇게 묻자 팔에 앉아 있던 밀버드인 나츠가 작은 소리로 짹짹 울며 의욕을 보였지만, 에밀리 양이 말렸다.

"그러지 않는 게 좋을 거야. MOB이 다가가면 반응하는 함정일 수도 있으니까 함부로 다가가선 안 돼."

"그래도 저렇게 척 봐도 알 수 있는 함정을 일부러 밟아야 열매를 딸 수 있잖아요."

"그야 그렇긴 한데……."

곤란해 하는 에밀리 양을 보고 나와 마기 씨가 안전하게 딸 수 있는 방법을 생각하다 어떤 방법을 떠올렸다.

"좀 시험해보고 싶은 게 있는데, 괜찮을까?"

"뭔데? 윤 군."

"그냥 실험이에요. 실패하면 다른 방법을 생각해보죠."

나는 그렇게 말하고 열매를 따는 역할을 맡은 다음 장비하고 있던 [준족] 센스를 [염동] 센스로 교환했다.

이 [염동] 센스는 센스 확장 퀘스트를 클리어했을 때 공짜로 얻은 센스인데 뮤우와 다른 사람들은 쓰레기 센스라고 평가했다.

실제로 낮은 레벨의 [염동] 센스로 움직일 수 있는 것은 작은 돌멩이 정도에 불과했고, 움직일 수 있는 범위도 나를 중심으로 반경 5미터 정도밖에 안 된다.

그리고 움직인 물건을 다른 것에 부딪히는 것도 거의 불가능할 정도로 공격력이 낮은 센스이긴 하지만, 나는 그 센스를 [하늘의 눈]의 타깃팅 능력과 조합해서 써보기로 했다.

"──《키네시스》!"

5미터 이상 떨어진 위치에 있는 [강정체리]를 타깃으로 지정하고 [염동] 스킬을 발동시켰다.

원래 조작 범위를 넘어서서 발동시켰기에 MP 소비량이 늘어나긴 했지만, [염동] 스킬의 보이지 않는 손이 [강정체리]에 닿았고 경쾌한 소리를 내며 딸 수 있었다.

나는 그대로 《키네시스》를 조작하여 하늘에 떠 있는 [강정체리]를 천천히 끌어당겼다.

"좋았어. 성공이야."

"축하해, 윤 군. 그 방법을 이용하면 윤 군이 느꼈던 반응도 발동되지 않으니까 안전하겠어."

내가 손 근처로 끌어당긴 [강정체리]를 보며 마기 씨가 미소를 지었다.

레티아는 그 [강정체리]를 먹고 싶어 하는 것 같았지만, 퀘스트에 납품할 분량이고 이제 하나 땄을 뿐이었기에 인벤토리에 넣자, 레티아가 노골적으로 아쉬워하는 표정을 지었다.

"레티아, 참아."

"으으, 윤 씨."

"참으면 다음에 레티아가 먹고 싶은 걸 만들어줄 테니까."

"정말인가요? 그럼 참을게요!"

그렇게 말하고 먹고 싶은 음식을 중얼거리기 시작한 레티

아를 보고 마기 씨와 에밀리 양이 쓴웃음을 짓자 분위기가
온화해졌다.

"그럼 그 방법으로 모으면 되겠네."

"에밀리 양, 미안한데 집중해서 피곤하기도 하고 MP가
넉넉하지도 않으니까 조금만 기다려."

원래 조작범위 바깥까지 염동 스킬의 보이지 않는 손을
뻗었기에 MP 소비량이 매우 크다고 말하자, 오히려 에밀리
양이 미안한 듯한 표정을 지었다.

그 이후로 나는 MP 포션을 사용하고 잠시 휴식을 취한 다
음 다시 염동 스킬을 사용해서 [강정체리]를 채집했다.

멀리 떨어져 있는 아이템을 채집한다, 그렇게 새로운 가
능성이 있는 센스이긴 했지만 아직 레벨이 낮고 사용하는데
익숙하지도 않았기에 매번 신중하게 회수하게 되었고 지금
은 네 개째 [강정체리]를 끌어당기고 있었다.

"이제 하나 남았구나. 간다."

마지막 하나를 회수하기 위해 《키네시스》를 발동시키고
잡으려 했을 때, 레티아가 말을 걸었다.

"윤 씨. 하늘 위에서 소닉 콘돌이 노리고 있어요."

"큰일이네. 윤 군, 잠깐 중단하고 요격할 수 있어?"

"미안해요, 마기 씨. 그건 힘들 것 같아요."

지금은 《키네시스》를 발동시켜서 소비한 MP를 회복시킬
필요도 있고 스킬의 대기시간(딜레이 타임)도 있어서 제때 요
격할 수가 없다.

"스킬을 제때 발동시킬 수가 없을 것 같으니 다들 도망칠 준비를 해주세요."

"알았어. 그럼 저 [강정체리]를 회수한 다음에 바로 이곳을 떠나자."

마기 씨와 다른 사람들이 고개를 끄덕인 다음 각자 사역 MOB을 타고 도망칠 준비를 하던 도중에 나는 마지막 하나를 빠르게 회수해야 한다는 생각 때문에 초조해 하다 《키네시스》 컨트롤이 엇나가 열매가 맺혀 있던 가지를 부러뜨려 버렸다.

"……앗, 이런."

부러진 가지가 《키네시스》의 보이지 않는 손을 뚫고 지나가 [강정체리] 나무가 자라나 있는 바위 위에 툭 떨어졌다.

떨어진 가지에 달린 [강정체리]를 회수하기 위해 다시 《키네시스》의 손을 뻗으려 했지만 마기 씨가 어깨를 붙잡고 말렸다.

"윤 군! 시간 다 됐어! 일단 도망치자!"

마기 씨의 말을 듣고 나는 아쉬워하면서도 뤼이 등에 올라탄 다음 고삐를 쥐고 상공에서 날아드는 소닉 콘돌을 피해 도망쳤다.

그 직후, 우리가 있던 곳에 급강하하여 지면을 함몰시킨 소닉 콘돌이 다시 날아올랐다.

다음에 습격하기 전까지는 스킬 대기시간이 끝날 테니 소닉 콘돌의 급강하에 맞춰서 카운터를 제때 날릴 수 있겠다,

그렇게 마음속으로 안심하고 있자니 우리가 두고 온 [강정체리] 나무가 자라나 있던 커다란 바위가 울리기 시작했고 우리는 그 자리에 얼어붙었다.

"설마…… 아까 떨어뜨린 것 때문인가?"

나는 힘없이 말한 것과 동시에 [간파] 센스로 정체불명의 반응이 움직이기 시작한 것을 느꼈다.

지면이 흔들렸고 [강정체리] 나무가 커다란 바위와 함께 솟구치나 싶었는데 그 앞뒤의 지면에서 집게발이 달린 다리 두 개와 긴 침이 달린 꼬리가 튀어나왔다.

『──KYUUUURRRRRAAAAAAAA!』

유리를 긁는 듯한 소리를 지른 것은 커다란 바위로 의태한 채 등에 [강정체리] 나무를 달고 있는 대형 전갈형 MOB, 록 스콜피온이었다.

양쪽 집게발과 꼬리를 치켜든 채 맹렬한 속도로 우리들을 향해 다가왔다.

그 모습을 보니 바위로 의태했던 등은 전체의 일부에 불과했다는 것을 알 수 있었다.

몸통의 크기는 마기 씨가 타고 있는 리쿠르의 약 네 배. 다리와 꼬리까지 합치면 7~8배나 되는 크기의 적 MOB이 다가오고 있는 것이다.

"저런 건 상대할 수 없으니 도망치자."

록 스콜피온이 등장한 것을 멍하게 보고 있던 우리는 마기 씨의 말을 듣고 정신을 차린 뒤 각자 타고 있던 사역

MOB들을 달리게 했다.

뒤에서는 거대한 몸집에 어울리지 않는 속도로 다가오는 거대 전갈. 그리고 하늘 위에서는 소닉 콘돌이 우리를 다시 노리기 위해 날아들고 있었다.

"록 스콜피온하고 소닉 콘돌에게 동시에 쫓기다니, 최악의 패턴이야! 이쪽!"

선두로 서 있던 마기 씨는 황야 에리어 경계를 향해 사역 MOB인 리쿠르를 몰아갔다.

에리어 바깥으로 나가기만 하면 적 MOB이 쫓아오지 않기 때문이다.

우리는 일반적인 플레이어라면 벗어날 수 없을 정도로 빠른 이동속도를 지닌 두 종류의 MOB에게 쫓기면서도 겨우 거리를 유지하며 도망쳤지만, 적은 그대로 내버려 두지 않았다.

하늘 위에 있던 소닉 콘돌은 우리를 제친 다음 그 자리에서 180도 방향을 전환해서 우리를 향해 날갯짓하며 진공파를 날렸다. 하지만 그것은 우리 머리 위를 지나 뒤쪽으로 날아갔다.

정면에서 노렸는데 빗나갔나? 달려가는 뤼이 위에서 고개를 갸웃거리며 뒤를 돌아보고 확인해보니 그곳에는 흙먼지가 뭉게뭉게 피어오르고 있었고, 우리를 빠르게 추격하던 록 스콜피온이 보이지 않았다.

나는 기분 나쁜 예감이 들어 나도 모르게 에밀리 양에게 소리쳤다.

"에밀리 양! 피해!"

"윽?! 꺄악?!"

흙먼지로 인해 서로를 알아볼 수 없는 상황에서 록 스콜피온이 꼬리 끄트머리에서 떨어지는 독액을 빠르게 날렸다. 그것이 에밀리 양이 타고 있던 합성 MOB에 맞았고, 쓰러진 합성 MOB이 빛의 입자로 변해 사라지자 에밀리 양은 홀로 황야에 남겨져버렸다.

합성 MOB을 잃은 건 딱히 상관없지만 이동수단을 잃은 에밀리 양은 이대로 가다가는 바로 뒤에서 쫓아오는 록 스콜피온에게 습격당할 것이다.

"마기 씨하고 윤 씨는 계속 달려가세요. 제가 구할게요."

"레티아!"

제일 뒤에서 달려가던 레티아는 타고 있던 페어리 팬서인 후유를 움직여 쓰러진 에밀리 양의 곁으로 향했다.

하늘에서 천천히 먹잇감을 노리던 소닉 콘돌은 레티아를 진공파로 공격했지만, 레티아는 페어리 팬서를 탄 채 그 공격을 가볍게 피했다.

그리고 뒤쪽에서 록 스콜피온이 날린 독액은 페어리 팬서가 높게 뛰어올라 피했고, 곧바로 요정의 날개로 활공하여 단숨에 에밀리 양이 있는 곳에 도착하자 레티아가 페어리 팬서를 몰아가며 에밀리 양에게 한 손을 내밀고 외쳤다.

"뒤에 타세요!"

"고마워, 레티아!"

내민 손을 맞잡은 에밀리 양은 페어리 팬서가 달려가는 기세를 늦추지 않게끔 뒤에 올라탔고, 우리를 쫓아왔다.

그동안 우리도 에밀리 양과 레티아가 따라붙을 수 있게끔 원호했다.

"진짜 끈질기잖아! 가라!"

마기 씨는 인벤토리에서 꺼낸 투창을 들어 올린 뒤 리쿠르를 탄 채 상체의 힘만으로 던졌다. 투창은 정면쪽 하늘에서 진공파를 날리기 위해 떠 있던 소닉 콘돌의 몸에 스쳤다.

급강하하고 있지 않았기에 바람의 장벽을 두르지 않았던 소닉 콘돌은 곧바로 반격하기 위해 마기 씨에게 수직 급강하 돌격을 가하려 했지만, 내가 정면에서 요격했다.

"──《궁기 · 단발꿰기》!"

달려가는 뤼이 위에서 하늘 쪽으로부터 돌격해 오는 소닉 콘돌을 조준했다. 그리고 날아간 마비 합성화살이 소닉 콘돌이 두르고 있던 바람의 장벽을 뚫은 뒤 박히자, 소닉 콘돌은 지면으로 추락하여 빛의 입자로 변한 뒤 사라졌다.

그때, 레티아와 에밀리 양이 우리를 따라붙었다.

"이제 록 스콜피온만 남았는데…… 뤼이! 온 힘을 다해 피해!"

뒤에서 독액을 날리는 록 스콜피온의 공격을 뤼이가 몸을 좌우로 기울이며 진로를 변경하여 피했다.

기본적으로 똑바로 달려가고 있기 때문에 바로 뒤에 있는 적을 맞추는 것은 쉽지 않다. 인간의 신체 구조를 생각하면 사실상 불가능하다.

"그렇다면——."

나는 뤼이의 고삐를 고쳐 쥐고 에밀리 양과 레티아가 마기 씨와 합류한 것을 확인한 다음 그 뒤를 쫓아가기 위한 가장 짧은 코스를 뤼이에게 달리게끔 했다. 그러자 록 스콜피온도 나를 쫓아왔다.

그리고 나는 인벤토리에서 매직 젬을 꺼내 뤼이 위에서 그것을 뒤쪽으로 뿌렸다.

"이제 좀 멈춰주라. ——[봄], [클레이 실드]!"

그러자 지면에 뿌린 매직 젬을 기점으로 폭발이 일어났고, 토벽이 차례차례 솟구쳤다.

하지만 록 스콜피온은 그것들을 양쪽 집게발로 부수고 배 아래쪽에서 폭발이 휘몰아치는 것도 아랑곳하지 않고 달려왔다.

『——KYUUUURRRRRAAAAAAAA!』

그리고 록 스콜피온은 양쪽 집게발을 지면에 꽂아 넣은 다음 거센 흙먼지를 피워올린 뒤 자취를 감췄다.

"록 스콜피온이 없는데?"

선두에서 달려가던 마기 씨가 리쿠르가 달려가는 속도를 늦추고 천천히 멈춘 뒤 뒤쪽에서 사라져가는 흙먼지를 보았다.

마기 씨가 멈추자, 뤼이와 페어리 팬서인 후유도 멈춰 서서 뒤쪽을 돌아보았다.

"록 스콜피온에게서 벗어난 건가? 휴우, 힘들다~."

"윤 군, 그런 말을 하면——."

에밀리 양이 나를 나무라는 듯이 말한 직후, 나아가던 방향 정면의 지면이 폭발하고 흙먼지가 피어올랐다.

"공포 영화에서는 보통 살았다고 생각한 순간에 죽으니까!"

"오~, 정면으로 파고들었네."

"느긋하게 그런 말을 하고 있을 때가 아니니까 도망치자!"

우리는 다시 나타난 록 스콜피온에게서 도망치기 위해 사역 MOB들을 달리게 했다.

좀 전에 나아가던 대로 가다 보면 황야 에리어의 경계선에 도착할 수 있었을 텐데, 적이 정면으로 파고들었기 때문에 진로를 바꾸어 황야를 계속 도망칠 수밖에 없게 되었다.

"마기 씨! 도망칠 만한 곳은 있나요?!"

"황야의 세이프티 에리어가 유적 오브젝트 안에 있어!"

"유적 오브젝트?!"

"보인다!"

마기 씨가 손가락으로 가리킨 곳에는 직사각형 건물 일부로 보이는 것이 지면에 비스듬히 가라앉아 있었다.

저곳으로 도망치면 커다란 록 스콜피온이 들어오지는 못할 것 같은데——.

"안 되겠어! 따라잡히겠는데!"

레티아 뒤에 탄 에밀리 양 말대로 록 스콜피온과의 거리가 점점 좁혀들었다. 그리고 뤼이와 다른 사역 MOB들은 다들 전속력으로 달리고 있다.

달려가는 속도를 더 높이려면 인챈트로 사역 MOB들을 강화시킬 필요가 있다.

"모두가 타고 있는 사역 MOB들에게 속도 인챈트를 걸 테니까 꽉 붙잡아!"

내가 소리치자, 모두가 떨어지지 않게끔 각자 타고 있던 사역 MOB들을 붙잡았다.

나도 그 속도를 다시 체험하는 건 마음의 준비가 필요했지만, 뤼이에게 동료 모두가 시야에 들어올 수 있는 위치로 가게끔 해서 인챈트를 걸었다.

"[존 인챈트]── 스피드!"

"윽, 꺄아아아아아악!"

뤼이, 리쿠르, 후유, 세 마리에게 동시에 건 속도 인챈트 덕분에 단숨에 록 스콜피온과의 거리가 벌어졌다.

하지만 급격하게 가속한 사역 MOB에 타고 있던 우리는 등에 달라붙어 견딜 수밖에 없었고, 마기 씨와 에밀리 양은 비명을 지르고 있었다.

나는 두 번째인데도 불구하고 익숙하지 않아서 뤼이에게 달라붙어 몸을 최대한 숙인 채 공기저항을 줄이는 것만으로도 벅찼다.

곁눈질로 힐끔 본 레티아만 시원스러운 표정으로 앞을 보고 있었다.

그리고 우리는 그 속도를 유지하며 마기 씨가 유적 오브 젝트라고 한 건물 안으로 뛰어들어 갔다.

●

유적 오브젝트로 뛰어들어 간 다음, 리쿠르와 후유는 몸을 옆으로 틀며 다리를 뻗어 지면을 파헤치면서 기세를 죽이고 멈춰 섰다.

"휴우, 즐거웠다."

"휴우, 무서웠다."

""응?""

마기 씨는 가속한 리쿠르에 타는 것만 해도 벅찼는지 어깨를 들썩이면서도 즐거웠다고 하는 반면에, 레티아 뒤에 탄 에밀리 양은 지면에 내려선 순간 바로 주저앉아버렸다.

그런 두 사람이 숨을 돌린 뒤 서로 얼굴을 마주 보고 있었다.

"에밀리 양, 괜찮아?"

"윤 군, 너무하잖아. 아니, 윤 군도 괜찮지 않은 것 같네."

나도 뤼이에게 속도 인챈트를 걸고 달린 게 이번이 두 번째이긴 하지만 그럼에도 불구하고 그 속도는 힘들었기에 에밀리 양과 마찬가지로 지면에 주저앉아버렸다.

"어때? 확실하게 벗어난 것 같아?"

지금 우리 중에서는 비교적 멀쩡한 마기 씨와 레티아가

바깥쪽으로 살며시 귀를 기울였다.

　나도 그 자리에서 [하늘의 눈]의 원거리 시야 능력으로 보니 록 스콜피온이 달려오던 기세를 그대로 유지하며 유적 오브젝트를 향해 돌진하고 있었다.

　"꺄악?!"

　"으앗?!"

　록 스콜피온이 격돌하자 유적 오브젝트 전체가 흔들렸기 때문에 다들 균형을 잃고 뒤로 쓰러질 뻔했지만, 뤼이와 리쿠르, 사역 MOB들이 각자 뒤에서 받쳐주었다.

　『──KYUUUURRRRRAAAAAAAA!』

　유적 오브젝트에 돌격하긴 했지만 크기 때문에 입구로 들어올 수가 없어서 짜증을 내는 것처럼 집게발로 유적의 벽을 내리치는 록 스콜피온.

　그때마다 내부에서는 모래가 후두둑 떨어져 내렸기에 우리는 안절부절 못하고 있었지만, 시간이 지나자 포기했는지 등을 돌리고 양쪽 집게발을 지면에 꽂아 넣은 뒤 땅속으로 사라지는 모습이 내 [하늘의 눈]에 보였다.

　"휴우, 돌아간 모양이네. 참 힘들다. 익숙하지 않은 속도도 체험했으니 여기서 좀 쉬자."

　리쿠르에게 몸을 기댄 마기 씨는 록 스콜피온에게 쫓긴 것으로 인해 발생한 정신적인 피로를 치유하기 위해 리쿠르의 푹신하고 푸르스름한 기운이 감도는 은빛 털에 얼굴을 묻고 기분 좋다는 듯이 눈을 감았다.

"그건 그렇고 [강정체리]를 하나만 더 채집하면 되는데 실패했네."

"미안해. 내가 제대로 해내지 못해서……. 나 때문이야."

"윤 군을 책망하는 게 아니야."

결국 마지막 하나는 회수할 틈도 없이 도망치게 되었는데, 어떻게 해서든, 다시 록 스콜피온에게 쫓길 위험을 감수하고서라도 채집하러 가야만 한다.

"퀘스트에 기한은 없고, 원래 내가 하자고 제안한 퀘스트니까 이번에는 실패해도 상관없어."

마기 씨는 리쿠르에게 몸을 기댄 채 상관없다면서 손을 흔들어 위로해주었지만, 나는 더 껄끄러운 느낌이 들었다.

"휴우……."

"정말, 윤 군은 너무 성실하다니까."

나는 깊은 한숨을 내쉬었고, 에밀리 양은 쓴웃음을 지었다.

레티아가 그 옆에서 유적 오브젝트의 천장 쪽에 있던 네모난 구멍으로 보이는 하늘을 올려다보고 있었다.

"레티아, 왜 그래?"

"끝났어요."

분명 예전에는 창문 대신 쓰였을 구멍을 지긋이 바라보고 있자니 어떤 그림자가 스쳐지나갔고, 레티아가 한쪽 팔을 들자 그 구멍에서 뭔가가 두 개 뛰어들어왔다.

"으앗! 나츠하고 아키?!"

"네. 어서 오세요. 그리고 고생했어요."

구멍으로 뛰어들어 와서 활공하여 레티아의 팔에 앉은 밀버드 나츠와 둥실둥실 뜬 채 다가온 윌 오 위스프 아키.

그리고 밀버드인 나츠가 부리로 물고 있던 것은 [강정체리] 열매가 달려 있는 나뭇가지——.

"그거! 내가 따다가 떨어뜨린 [강정체리]잖아?! 어떻게 그걸?!"

"윤 씨가 떨어뜨린 가지를 나츠와 아키가 회수해줬어요. 이제 퀘스트 달성이네요. 칭찬해주실 건가요?"

그렇게 말하고 미소를 지으며 내게 보란 듯이 [강정체리]를 건네는 레티아.

정말이지, 눈치가 빠르다고 해야 하나 빈틈이 없다고 해야 하나, 그렇게 말하며 쓴웃음을 짓는 나와 에밀리 양.

그리고 퀘스트 납품 아이템이 전부 모이자 마기 씨는 기뻐하며 곧바로 레티아를 끌어안았다.

마기 씨에게 안겨서 밑에 깔린 레티아에게는 지금 말을 걸어봤자 소용없을 테고, 그런 레티아에게서 피해 달아난 나츠와 아키가 후유 등에 타고 있었기에 나는 레티아에게 해야 할 감사의 인사를 그들에게 전하며 보답으로 먹을 것을 내밀었다.

"오늘 고마웠어."

"아, 윤 씨. 나츠하고 아키에게만 주는 건 치사해요."

"그래, 그래. 레티아 몫도 있어."

"와~. 윤 씨, 정말 좋아요."

레티아의 속물 같은 말을 듣고 나는 쓴웃음을 지으며 다시 느긋한 분위기에서 쉴 수 있게 되었다.

"그건 그렇고 여긴 대체 뭘까요. 던전도 아니고. 세이프티 에리어인가요?"

내가 그렇게 말하며 유적 오브젝트 안을 둘러보고 있자니, 마기 씨가 설명해주었다.

"일단 세이프티 에리어의 일종인 모양이야. 황야 에리어에는 적 MOB에게 쫓기게 되는 경우가 많으니까 긴급 피난 장소로도 쓸 수 있고."

지금 우리처럼 말이야, 마기 씨가 그렇게 농담을 하며 쓴웃음을 지었다.

"여기 같은 유적 오브젝트가 황야 에리어에 여러 군데 있고, 그 내부에는 채굴 포인트도 있는 모양이야."

"정말요? 그럼 찾아야겠네요."

마기 씨의 이야기를 듣고 에밀리 양이 일어서서 유적 오브젝트 안을 돌아다니다 금방 채굴 포인트를 발견했다.

황야의 모래가 오랫동안 스며들어 쌓인 것 같은 지면을 파헤치자 나타난 것은 잡동사니뿐이었다.

"아하하하하! 채굴 포인트 중 대부분은 잡동사니만 나오는 모양이니까 도굴 플레이를 즐기는 것 정도밖에 쓸모가 없지 않을까?"

"마기 씨, 그런 건 미리 가르쳐주세요!"

기대하며 파헤치다 나온 잡동사니를 떠안고 돌아온 에밀리 양.

그런 에밀리 양을 보고 리쿠르도 일어서서 유적 오브젝트 끄트머리 부분으로 갔다.

"오? 왜 그래? 리쿠르?"

"여기를 파라, 멍멍. 이런 뜻일까요?"

나는 구멍을 파기 시작한 리쿠르의 발치를 보기 위해 옆에서 들여다보았다.

잠시 후 중화 냄비 같은 금속 조각을 끄집어낸 리쿠르.

"이게 뭐야? 리쿠르, 뭔가 도움이 될 만한 거야?"

『멍!』

체격이 커지자 한 번 짖기만 해도 공기가 뒤흔들리는데, 그 직후에 마기 씨에게 응석을 부리는 듯이 몸을 비비는 모습을 보니 전혀 무섭지 않았다.

"아무튼 NPC에게 감정을 의뢰해야 하겠네요."

제1마을 골동품 상점에서 지금까지 모은 [화석]과 [잡동사니] 아이템을 감정해달라고 해야 한다. 그런데 내 말을 듣고 에밀리 양이 말을 걸었다.

"마기 씨, 제가 감정할 수 있어요."

"어? 정말?"

"네. 저는 [수집안]의 상위 센스인 [감정안]을 가지고 있어서 미감정 아이템도 감정할 수 있어요. 뭐, 원래는 적이 아이템을 드롭할 확률을 올려주는 계열 센스지만요."

그럼 고맙지, 마기 씨가 그렇게 말했다.

"대단하네! 에밀리! 지금까지 모아둔 아이템을 감정할 수 있겠구나! 지금까지 모은 [화석] 500개라든가, [잡동사니] 150개라든가."

"그거 기쁜 소식이네. 나도 부탁해도 될까? 지금까지 모은 미감정 [화석] 300개."

"둘 다 뭘 그렇게 쌓아둔 거예요?"

에밀리 양은 그렇게 말하면서 어이없다는 듯이 째려보았고, 마기 씨와 나는 둘러대는 듯이 웃었다.

실제로 300개나 모은 건 좋지만 NPC에게 하나 감정을 맡길 때마다 5000G나 든다. 10개 정도라면 별로 신경 쓸 필요가 없지만 100개면 50만 G, 200개면 100만 G나 들게 되니 꽤 뼈아픈 지출이다.

그래서 못 낼 정도는 아니지만 나중에 해도 되겠지, 그렇게 생각하고 있자니 어느새 이렇게 많이 쌓였다.

마기 씨도 나와 마찬가지로 감정 의뢰는 우선순위를 낮게 잡고 있었는지 나보다 더 쌓아두고 있었다.

"뭐, [화석]을 제공해달라고 부탁한 건 나니까 그 정도 감정은 해줄게요. 골동품 상점 NPC에게 부탁하면 터무니없는 감정료를 뜯어가니까 말이죠."

평소에 [연금]이나 [합성]으로 아이템을 대량으로 쓰는 에밀리 양이 마지막으로 그런 불평을 늘어놓았다.

그리고 유적 오브젝트 안을 대충 둘러보며 [잡동사니] 아이템을 몇 개 발견했지만, 그곳에서는 감정하지 않고 마을로 돌아간 뒤에 에밀리 양의 [소재상]에서 다른 아이템까지 함께 감정하게 되었다.

그 뒤로 바깥을 경계하며 유적 오브젝트에서 나와 이번에는 무사히 황야 에리어를 빠져나온 우리는 [미궁거리]의 포탈을 통해 제1마을로 돌아와 퀘스트 NPC인 예술가의 아틀리에까지 왔다.

"아, 추구하던 색을 만들기 위한 소재로군! 이렇게 많이! 고맙다! 이건 내 예술가 지인이 만든 액세서리야! 감사의 마음이니 부디 받아줬으면 해!"

남자 예술가 NPC는 그렇게 말하며 집 안으로 들어가서 가지고 나온 이번 퀘스트 보수를 우리에게 건넸다.

"심부름 퀘스트인데 난이도가 높았지~."

"그래. 황야 에리어 자체가 레벨이 높은 에리어니까 그냥 퀘스트 아이템만 수집하고 끝나지 않았네."

"그건 그렇고 배가 고프네요."

퀘스트가 끝났다는 분위기도 아랑곳하지 않는 레티아를 보고 나와 에밀리 양은 쓴웃음을 지었고, 마기 씨는 마침 잘 됐다며 환한 표정을 지었다.

"그럼 클로드네 가게에 가자! 내가 쏠게."

"정말로요?"

"마, 마기 씨?! 그럼 안 돼요!"

"그, 그래요! 레티아가 한없이 먹어대면 큰일 난다고요!"

"아하하하하, 윤 군하고 에밀리는 걱정도 많네. 딱히 한 없이 쏘는 건 아니야. 상식 범위 안에서만."

마기 씨가 그렇게 말하자 기뻐하며 환한 표정을 짓고 있던 레티아가 눈에 띄게 풀죽었기에 아, 이 녀석 한없이 먹을 생각이었구나, 그런 생각이 들었다.

그 뒤로 클로드의 [콤네스티 카페 양복점]으로 간 우리는 웨이트리스인 카리앙 씨가 가져다준 차와 케이크 세트를 맛보며 퀘스트 보수를 확인했고, 나는 왜 마기 씨가 이번 퀘스트를 받았는지 알게 되었다.

"마기 씨, 이 퀘스트 보수 아이템을 가지고 싶으셨던 거군요."

"그래. 뭐, 그중에서 [도어부의 철륜]뿐이지만."

"나는 전부 기뻐."

"저는 식재료 드롭 아이템만 가지고 싶네요."

케이크를 먹으면서 나도 메뉴에서 이번 퀘스트로 얻은 아이템 정보를 확인했다.

도어부의 철륜 [장식품] (중량 : 1)
DEF+4 추가효과 : 채굴 보너스(소)

원예지륜구 [장식품] (중량 : 1)
DEF+4 추가효과 : 채집 보너스(소)

피뽑 · 기링 [장식품] (중량 : 1)

DEF+4 추가효과 : 식재료 드롭(소)

말장난이 꽤 심한 액세서리지만 의외로 유용하다.

도어부라고 쓰고 드워프라 읽는다. 원예지륜구는 인게이지 링, 피뽑 · 기링은 피뽑기 링, 그렇게 이름이 특이하고 약간 희귀한 장비지만 채집, 채굴을 하는 생산직에게는 유용한 아이템이다.

보너스 효과는 아이템을 입수할 기회가 생겼을 때 10분의 1 확률로 아이템의 입수량이 늘어나는 것이다.

비슷한 추가효과로 [드롭량 증가]라는 것이 있다.

그래서 이런 아이템은 솔직히 기쁘다.

"윤 씨, 윤 씨."

"응? 왜 그래? 레티아."

"저는 도어부의 철륜하고 원예지륜구는 필요가 없으니까 둘 중 하나를 피뽑 · 기링하고 교환해주시면 안 될까요?"

"그래. 나는 원예지륜구를 가지고 싶거든."

나는 인벤토리에서 꺼낸 피뽑 · 기링을 레티아에게 건네고 그 대신 원예지륜구를 받았다.

그 모습을 보던 마기 씨가 액세서리 트레이드에 끼어들었다.

"좋겠다! 나도 도어부의 철륜을 가지고 싶어."

"네. 그럼 교환해요."

마기 씨와 레티아는 그렇게 말하며 액세서리를 교환했다.

"그런데 레티아, 그 액세서리를 모아서 어쩌게? 효과는 중첩되지 않을 텐데."

"괜찮아요. 길드 멤버에게 나누어줄 거니까요."

그렇게 말하며 미소 짓는 레티아.

레티아의 길드, [신록의 바람] 멤버인 알과 라이나는 이런 드롭률 상승 계열 액세서리보다는 일반적인 스테이터스 상승 계열이나 내성 계열 액세서리를 주는 게 더 실용적이지 않나? 그런 생각이 든다.

뭐, 다른 사람이 어떻게 아이템을 쓰든 참견할 생각은 없으니 조용히 차를 마시기로 했다.

"오늘은 특이한 멤버들끼리 파티를 짜서 즐거웠어. 고마워요, 마기 씨, 윤 군."

"그래. 나도 [소재상] 에밀리, 조교사인 레티아와 함께 다녀서 즐거웠어."

마기 씨는 레티아에게 펜릴인 리쿠르를 타고 전투를 벌이는 것에 대한 조언을 듣기도 하고 여러 가지 이야기를 나누면서 유익한 시간을 보낸 것 같다.

"오늘은 이만 로그아웃할 건데, 다음에 약속했던 대로 [화석] 아이템을 넘길게."

"감사합니다. 그리고 용을 부활시키는 것도 도와주세요. 그럼 저희도 이만 로그아웃할게요."

퀘스트를 끝낸 다음 티타임을 즐긴 우리는 함께 [콤네스티 카페 양복점] 바깥으로 나왔다.

결국 레티아는 예상대로 케이크를 계속 주문했고, 선물까지 사서 마기 씨가 쓴웃음을 짓게 만들었다.

마지막으로 나와 마기 씨 둘이서 에밀리 양과 레티아, 두 사람이 로그아웃하는 모습을 지켜보았다.

"자, 나도 [오픈 세서미]로 돌아가서 아이템을 확인할 건데, 윤 군은 어떻게 할 거야?"

"저도 [화석] 아이템을 정리해야 하니까 [아트리엘]로 돌아갈게요."

"그럼 윤 군도 다음에 보자. 안녕."

마기 씨는 그렇게 말하고 손을 살짝 흔들며 리쿠르와 함께 떠나갔다. 나도 손을 마주 흔들면서 배웅하고 나서 뤼이와 함께 [아트리엘]로 돌아왔다.

"쿄코 씨, 다녀왔어."

"윤 씨, 어서 오세요."

가게를 보며 카운터에 앉아 있던 NPC 쿄코 씨가 일어서서 나를 맞이하여 주었다.

평소와 마찬가지인 [아트리엘]로 돌아온 나는 황야 에리어에 가기 전에 소환석으로 되돌렸던 자쿠로를 다시 소환했다.

"자쿠로, 미안해. 그래도 위험하니까 데리고 갈 수가 없었어."

『뀨우~.』

소환된 자쿠로는 삐진 듯이 고개를 획 돌리고 나와 뤼이가 있는 곳에서 다른 곳으로 갔다.

그 행동을 보고 충격을 받아 굳은 나와 뤼이를 자쿠로가 힐끔 본 다음 다시 고개를 돌렸다. 그리고 마음에 드는 히트 젤 합성 MOB을 끄집어낸 다음 그 위에 드러누웠다.

"어머어머, 자쿠로는 기분이 상했나 보네요."

"으윽, 쿄코 씨. 혹시 자쿠로에게 미움을 산 걸까?"

내가 응석을 부리는 듯이 쿄코 씨를 보자, 쿄코 씨는 애교 있는 표정으로 미소를 짓고 있었다.

"괜찮아요. 좀 삐지기만 했을 뿐 미워하진 않아요. 시간이 좀 지나면 다시 평소처럼 응석을 부릴 테니까요."

그랬으면 좋겠다, 그렇게 생각하며 한숨을 쉰 나.

"그럼 저는 밭을 좀 손보고 올게요."

"쿄코 씨, 잠깐만."

나는 고개를 숙여 인사를 한 뒤 밭으로 향하려던 쿄코 씨를 불러 세웠다.

"네. 왜 그러시죠?"

"오늘 퀘스트로 얻은 아이템. 쿄코 씨에게 하나 줄게."

채집 아이템에 보너스가 붙는 [원예지륜구]를 쿄코 씨에게 주고 장비해달라고 했다.

점원 NPC는 고용한 플레이어가 아이템을 주고 지정함으로써 그것을 장비시킬 수 있다.

예를 들면, 고용한 점원 NPC에게 가게의 분위기에 맞춰 통일시킨 제복을 장비시켜서 자신의 취향에 맞는 코디네이트 모델로 삼을 수도 있다.

나는 쿄코 씨에게 [아트리엘]의 밭에서 약초 수확을 맡기고 있기에 혹시 이 액세서리의 효과가 발휘될지도 모르겠다고 생각했기 때문이다.

그런 타산적인 생각을 하는 한편, 역시 평소에 신세를 지고 있는 쿄코 씨에게 뭔가 선물을 하고 싶다고 생각한 것도 사실이다.

"와아, 윤 씨. 감사해요."

액세서리를 받은 쿄코 씨는 애교 있는 표정을 지으며 왼손의 가운데손가락에 [원예지륜구]를 끼웠다.

"이거 채집할 때 수확량이 올라가는 효과가 있네요. 내일부터 밭의 수확량이 조금이나마 올라갈 것 같아요. 기대해 주세요!"

"응, 잘 부탁해."

주먹을 들고 살짝 쥐며 의욕을 보이는 쿄코 씨를 보고 나는 기뻐해줘서 다행이라 생각하며 기분좋게 밭에 물을 주러 나가는 쿄코 씨를 바라보았다.

"자, 나도 에밀리 양에게 줄 아이템을 정리해야지."

기쁜 듯한 쿄코 씨를 보고 나도 좀 의욕이 생겨서 [아트리엘]의 공방으로 향했다.

2장   분해로와 연금솥

　나중에 에밀리 양에게 부탁받은 화석 계열 아이템을 가지고 마기 씨와 만난 나는 에밀리 양의 거점인 [소재상]으로 향하고 있었다.

　"호오, 이쪽에 에밀리의 거점이 있구나. 길하고 건물들이 다 좁은데."

　"그러네요. 뒷골목에 있으니 좀처럼 알아볼 수가 없죠. 음, 여기에요."

　좁은 곳이기 때문에 오늘은 뤼이와 자쿠로를 [아트리엘]에 두고 왔다.

　양쪽에 있는 건물이 다가오는 것 같은 착각이 들 정도로 좁은 뒷골목에 있는 작은 공방 앞에 멈춰섰다.

　그곳에는 [소재상]이라고 적힌 작은 팻말이 붙어 있을 뿐이라 척 보기에는 가게라는 것을 아무도 알아볼 수 없을 것이다.

　그런 에밀리 양의 거점에 미리 방문하겠다는 메시지를 보내두었기에 내가 문을 노크하자 곧바로 대답이 들리고 안에서 문이 열렸다.

　"윤 군, 마기 씨, 어서 오세요."

　"실례합니다."

　"나도 실례할게. 우와…… 이렇게 되어 있구나. 에밀리의 가게."

소형 합성 MOB이 아이템 박스 사이를 오가면서 선반에
놓여 있던 아이템을 정리하고 있었다.

그리고 합성용으로 사용하는 여러 종류의 합성진이 바닥
에 설치되어 있었고, 벽 쪽에는 처음 보는 소형 휴대로 같
은 도구와 조합할 때 쓸 것 같은 거대한 솥이 설치되어 있는
데 왠지 내가 사용하는 것과는 분위기가 다른 것 같았다.

"에밀리 양, 약속했던 대로 [화석] 아이템을 가져왔어."

"나도. 그리고 하는 김에 잡동사니 계열 아이템도 감정 부
탁할 수 있을까?"

"네, 그쪽에 놔두시겠어요? 용의 화석 말고는 반납할 테
니까요. 그럼 감정을 시작할게요. ──《애널라이즈》."

에밀리 양은 우리가 인벤토리에서 꺼낸 [화석]에 [수집안]
의 상위 센스 [감정안] 스킬을 발동시켰다.

그러자 에밀리 양이 따로 골라놓은 [화석] 열 몇 개에 스
킬의 녹색 빛이 깃들었고, 잠시 아이템 전체를 감싼 다음 점
점 빛이 사그라들었다.

"자. 이쪽은 끝났어. 다음 화석을 감정할게."

"에밀리, 그 감정 스킬은 힘들어?"

스킬이 발동되는 광경을 보고 마기 씨가 묻자, 에밀리 양
이 곤란하다는 듯이 웃었다.

"힘들다기보다는 좀 귀찮을 뿐이죠. 스킬이 발동되는 동
안은 MP 소비가 심하고 움직이면 스킬이 중단되어버리니

까요."

에밀리 양이 그렇게 말하며 MP 포션을 두 개 꺼내 마시기 시작하자 나는 내 인벤토리에서 MP 포트를 살짝 꺼냈다.

"에밀리 양, 이걸 쓸래? MP 포션보다 회복량이 크니까. 그리고 휴식할 때 마실 수 있게끔 차를 준비할게."

"그래, 그래. 즐거워야 하는 생산활동이 힘들면 안 되지. 적당히 쉴 준비를 하자."

나와 마기 씨가 제안하자, 에밀리 양의 표정이 부드러워졌다.

"윤 군, 고마워. 그럼 호의를 받아들여서 차와 과자를 먹고 싶은데."

"그럼 부엌을 잠깐 빌릴게. 과자는 저번에 레티아에게 전부 줘버렸는데. 여기서 만들어도 돼?"

"그래. 평소에 부엌은 잘 쓰지 않으니까 상관없어."

"그럼 프라이팬으로 간단히 만들 수 있는 파운드 케이크가 나오려나?"

에밀리 양에게 허락을 받고 컵과 차를 준비한 다음 머리카락을 묶고 앞치마를 착용했다.

"좋아, 해볼까!"

살짝 기운을 내고 인벤토리에 있는 식재료 중에 파운드 케이크용 재료와 조리기구를 꺼내 간단한 파운드 케이크를 만들기 시작했다.

우선 드라이 후르츠를 럼주에 넣고 요리 스킬인 《촉진》을 사용해서 잘 재어둔 상태로 만든 다음 프라이팬에는 살짝 버터를 발라둔다.

그 다음에는 밀가루, 버터, 설탕, 달걀, 럼주에 재어둔 드라이 후르츠, 다른 프라이팬으로 살짝 볶은 호두와 잘게 썬 과일을 섞어서 반죽을 만든다.

그리고 약한 불로 달군 프라이팬에 반죽을 넣고 뚜껑을 닫은 뒤 잘 익혀서 전체적으로 부풀어 오르면 빨대로 안까지 구워졌는지 확인한다.

"음~, 냄새 좋다. 얼른 먹고 싶어지는데?"

"나는 오히려 파운드 케이크 냄새 때문에 집중할 수가 없네."

차를 홀짝홀짝 마시며 기다리는 마기 씨와 감정하던 것을 멈추고 한숨을 쉬는 에밀리 양의 말을 듣고 나는 쓴웃음을 지으며 파운드 케이크가 다 구워질 때까지 기다렸다.

가게 안에 가득 퍼진 파운드 케이크의 달콤한 향기 때문에 에밀리 양이 감정하던 것을 가끔 멈추곤 했지만, 그래도 진도가 착실하게 나가서 파운드 케이크가 다 구워지자 전체의 3분의 1정도의 [화석]을 감정할 수 있었다.

"이제 그릇에 담아서 식힌 다음 하루 정도 놔두면 제대로——."

이 상황에서 시간 촉진 계열 조리 스킬을 쓰면 프라이팬으로 만드는 둥근 파운드 케이크가 완성된다. 내가 그것을 여덟 조각으로 자르자 기다리다 지친 두 사람이 말을 걸었다.

"윤 군, 맛있어 보이는데. 한 조각 먹어도 될까?"

"앗, 나도 먹고 싶은데."

"에밀리 양, 마기 씨, 어때요?"

"맛있어. 정말로."

"응, 역시 윤 군이야. 맛있네."

엄지손가락을 치켜들며 칭찬해준 마기 씨와 기쁜 듯이 환한 표정을 짓는 에밀리 양을 보고 나는 다행이라 생각하며 안심했다. 그리고 파운드 케이크가 완성될 때까지 계속 감정을 하고 있었던 에밀리 양 앞에 다시 새로 준비한 차와 파운드 케이크를 놓았다.

"윤 군, 이거 내성을 부여한 요리지? 그런 걸 다과로 내놓다니, 사치스러운데."

"돈을 주고 사면 그럴지도 모르겠네. 투우 열매하고 한산 포도 드라이 후르츠를 썼으니까."

"세 조각에 1만G라도 팔리겠는데."

설마, 내가 쓴웃음을 지으며 그렇게 대답하자 어이없다는 듯이 한숨을 쉬는 에밀리 양과 쓴웃음을 지은 마기 씨.

보아하니 거짓말을 하는 눈치가 아니었기에 진짜로 그런가 싶은 기분이 들었다.

"뭐, 지금은 이렇게 맛있는 파운드 케이크하고 차를 즐기도록 해요."

"그래. 그러고 보니 계속 신경 쓰였는데. 벽 쪽에 있는 도구 말이야, 저거 에밀리의 [연금]하고 [합성] 생산도구야?"

"앗, 그건 저도 신경 쓰였어!"

저번에 내가 왔을 때는 없었던 휴대로와 큰 솥은 나도 흥미가 있다.

"그래. 윤 군에게는 언젠가 가르쳐주려고 했는데, 좋은 기회니까 지금 가르쳐줄게. ──[속성석]을 만드는 법을."

에밀리 양이 그렇게 말한 것을 듣자, 내 심장이 두근거리는 느낌이 들었다.

지금까지 에밀리 양이 만드는 법을 숨겨왔던 레시피를 가르쳐준다니 왠지 흥분되는 느낌이었다.

그러자 마기 씨가 내 대신 물었다.

"정말 그래도 돼? 아니, [연금]이나 [합성] 센스가 없는 내가 같이 있어도 돼?"

"상관없어요. 이 레시피로는 이미 충분히 벌기도 했고, 예전보다 효율적으로 생산할 수 있게 되었으니까 금속 실 레시피와 함께 공개하려고 했거든요."

그렇게 말하고 미소를 짓던 에밀리 양이 갑자기 장난기 어린 미소를 지으며 내게 물었다.

"하지만 공짜로 가르쳐주는 건 좀 그러니까 [속성석] 관련 정보를 가르쳐주는 대신 윤 군의 특제 레시피를 하나 알려줄래? 그렇지── [소생약] 레시피는 어때? 그것도 윤 군이 만들 수 있는 것 중에 회복량이 가장 높은 레시피로."

"앗, 그거면 돼? 그럼 종이에 써줄게."

에밀리 양이 그렇게 말하자, 나는 곧바로 인벤토리에서

종이와 펜을 꺼내 레시피를 슥슥 적었다.

[소생약]은 정기적으로 새로운 약초를 얻을 때마다 그 약초들을 소재로 쓸 수 없는지 항상 조사, 연구하고 있다.

현재 가장 높은 회복량을 보이는 [소생약]은 [소생] HP+75퍼센트, [농축 메가 포션]과 [농축 MP 포트]의 혼합액에 [도등화 꽃잎]을 두 장 넣어서 회복량을 안정시키는 레시피다.

한 장만 넣어도 HP+60퍼센트가 되지만 두 장을 넣으면 [소생] 효과뿐만이 아니라 [재생] HP+1퍼센트/20초라는 뛰어난 효과가 나온다.

"자. 에밀리 양, 받아. 합성 센스로 시험해볼 거면 소재를 줄까? 그리고 완성품 샘플하고."

"고마워. 좀 확인해볼게."

에밀리 양은 쉽사리 특제 레시피를 건네는 나를 보고 딱딱한 미소를 지으면서 내가 내민 메가 포션 10개와 MP 포트 10개에 [연금]의《상위변환》스킬을 사용해서 농축 포션을 만들었다.

그것들을 합성진 위에 배치하고 [농축 메가 포션], [농축 MP 포트], [도등화 꽃잎] 두 장을 삼종 합성하여 합성 스킬을 이용한 [소생약]이 완성되었다.

소생약 [소모품]

[소생] HP+60퍼센트, [재생] HP+1퍼센트/5초

내가 만든 [소생약]과 비교해도 [재생] 효과까지 제대로 붙어 있는 [소생약]이 완성되었다.

하지만 수작업으로 직접 [조합]한 생산과는 달리 [연금]과 [합성] 스킬으로 생산하면 기본 수치에 가까운 효과가 나오기에 저게 원래 효과일 것이다.

"윤 군, 너무 좋은 걸 받았는데. 내가 [속성석]을 만드는 법을 전부 가르쳐줘도 부족할 정도야."

"와~, 정말 대단한 걸 봐버렸네. 그런 레시피를 쉽사리 넘겨주는 윤 군도 그렇지만, 그 레시피로 한방에 완성품을 만든 에밀리의 높은 [연금]과 [합성] 센스 레벨도 그렇고."

에밀리 양과 마기 씨는 각자 다른 이유로 딱딱한 미소를 짓고 있었다.

나는 또 뭔가 실수를 했나 싶어서 얼버무리려는 듯이 하하하 웃으며 차를 마셨다.

"먼저 알려주었으니 나도 가르쳐줘야지. 내가 [속성석]을 발견한 건 정말 우연이었어. 약간 수고를 들인 소재를 [연금]의 《상위변환》해보니 새로운 아이템으로 [속성석]이 나왔거든."

"새로운 소재? 뭐, 이상하진 않지?"

약간 수고를 들인 포션을 [연금]함으로써 아이템 이름은 물론 스테이터스까지 미묘하게 변하기도 하니까.

"그럼 실제로 해봐. [마력정착의 의식]을 거친 고블린의 뿔로."

에밀리 양은 그렇게 말한 다음 내게 이미 처리가 된 [고블린의 뿔]을 건넸다.

　내가 희미하게 빛나는 고블린의 뿔에 [연금] 센스의 《상위변환》 스킬을 발동시키자 변환시킬 아이템이 두 개 떴다. 하나는 원래 존재했던 [홉고블린의 뿔]. 그리고 다른 하나가 [속성석(극소)], 그것을 [속성석]으로 《상위변환》을 하면 [속성석]이 생긴다.

　"이게 [속성석]을 만드는 법이구나."

　"그래. 그중에서도 제일 비효율적인 방법이지만."

　"에밀리…… 그 [마력 정착의 의식]은 아마 EX스킬인 [마력부여]와 같은 효과가 있었지?"

　마기 씨가 묻자, 에밀리 양이 고개를 끄덕였다.

　"네. 효과가 같은 처리 방법이에요. 뭐, [마력부여] 스킬과 비교하면 꽤 비효율적이고 시간이 오래 걸리니까 지금은 잘 안 쓰는 방법이죠."

　그렇게 말하며 곤란한 듯한 미소를 지은 에밀리 양이 새로 추가된 휴대로와 큰 솥을 보았다.

　"[속성석]을 만든 게 끝이 아니었어. 방금 윤 군에게 가르쳐 준 [속성석]을 만드는 법은 어디까지나 그 아이템이 지니고 있는 가장 높은 속성요소를 뭉친 거야. 그리고 저 [분해로]는 아이템의 속성요소인 [에센스]를 남김없이 추출해서 보존시키기 위한 거고."

　휴대로라고 생각했던 그것의 아래에는 관이 여러 개 달려

있었고 그 안에는 여러 가지 색으로 빛나는 액체가 흐르면서 관에 이어진 각각의 유리 탱크에 들어가고 있었다.

"그리고 추출한 에센스를 기반으로 삼은 아이템과 함께 [연금솥]에 넣고 새로운 아이템을 만들어내는 거지. 잘 봐."

에밀리 양이 일어서서 큰 솥에 달려 있던 코크를 돌려서 그 안에 붉은 화속성 에센스를 채웠다.

그리고 이번에는 돌을 여러 개 넣고 솥의 뚜껑을 닫았다.

"간다――《연성》."

그리고 [연금] 센스 스킬을 사용해서 큰 솥에 변화를 일으켰다.

낮게 울리는 듯한 진동과 함께 거센 증기가 솥과 뚜껑 사이에서 피어올랐고 천천히 뚜껑이 열렸다.

"자, 완성되었어."

"우왓?!"

에밀리 양이 솥 안에서 꺼내 내게 던진 것을 받아보니 자주 보던 화속성 [속성석]이었다.

"방금 작업했을 때는 화속성 에센스를 약 400 써서 4등급 [속성석] 네 개를 만들었어."

"그렇다면 성장시킨 [연금] 센스는 에센스라는 독자적인 에너지를 써서 아이템을 만들어내는 센스라는 거구나."

"맞아요, 마기 씨. 그렇게 생각하시면 돼요."

에밀리 양의 설명을 듣고 마기 씨는 납득한 모양이었지만, 나는 몇 가지 의문이 들었다.

"에밀리 양. 이 생산 도구는 어디서 얻었어?"

"제3마을의 연금술사가 주는 퀘스트를 받으면 구입할 수 있게 돼. 윤 군하고 마기 씨의 마법로처럼."

하긴, 퀘스트를 받아서 구입할 수 있게 되는 생산도구가 있다는 사실은 알고 있었다. 하지만 이 도구를 얻을 수 있는 퀘스트를 우리가 몰랐을 뿐이고.

"왠지 재미있을 것 같네. 그럼 에밀리는 미스릴 은 같은 것도 만들 수 있어?"

"그 질문에는 YES라고도 대답할 수 있고, NO라고도 대답할 수 있겠네요."

에밀리는 계속 설명해주었다.

"우선 아이템을 특정한 아이템으로 [연성]시키기 위해서는 기반으로 삼을 아이템하고 일정한 양의 에센스가 필요해요."

에밀리 양이 그렇게 말하며 꺼낸 아이템은 내가 좀 전에 [속성석]을 만들었을 때 썼던 것과 마찬가지로 마력부여 처리가 된 고블린의 뿔이었다.

"이 고블린의 뿔 하나가 지속성 에센스 1이야. 그리고 5등급 [속성석]이 10. 4등급이 100. 3등급이 1000…… 이런 느낌으로 에센스의 양은 정해져 있어."

그 말을 듣고 보니 에밀리 양 옆에 있는 각 속성 에센스를 모으는 유리 탱크 메모리에는 1000까지 수치가 새겨져 있었다.

"상위 소재일수록 만드는데 에센스가 많이 필요해. 그리고 내가 가지고 있는 분해로와 [연금솥]으로 만들 수 있는 건 각각 에센스가 1000 필요한 소재까지. 그 이상은 생산설비를 강화해야 하고."

"그렇구나. 에센스를 관리하는 거 힘들겠네."

"그렇지도 않아. 딱히 필요 없는 아이템을 넣어도 차고, 포션처럼 다른 생산 아이템은 여러 에센스가 포함되어 있곤 하니까 어떤 에센스를 보충할지 관리만 제대로 하면 그렇게까지 힘들진 않아."

그렇게 말하며 쓴웃음을 짓는 에밀리 양.

그렇다면 [연금]은 입수하기 힘든 소재를 만들어내고, [합성]은 만들기 편한 소재나 합성을 이용한 아이템 제작, 그렇게 나누어서 쓸 수 있을지도 모르겠다.

에밀리 양의 에센스 탱크를 보니 대부분 500정도를 유지하고 있었다.

만약 급하게 필요하다면 에센스로 [연성]한 [속성석]을 분해로에 다시 넣어서 에센스로 되돌려도 될 테고.

"음~. 내 가게에 들이는 건 힘들 것 같은데. 이렇게 큰 기재를 둘 곳이 없으니까."

"나는 오히려 다행이지. 윤 군하고 경쟁하게 되면 내 [소재상]이라는 입장이 없어져버리게 되니까. 하지만 그 대신 윤 군이 쓰고 싶을 때는 이 설비를 빌려줄게."

물론 에센스는 윤 군이 부담해야지, 그렇게 농담처럼 덧

붙여 말한 에밀리 양.

"자, 휴식을 슬슬 마치고 다시 감정을 시작해야지."

에밀리 양은 그렇게 말한 다음 다시 나머지 화석 아이템을 감정해나갔다.

●

"감정은 다 끝났어. 화석 쪽은 [고대룡의 머리뼈], [고대룡의 등뼈], [고대룡의 꼬리] 소재가 나왔어. 이 세 가지 소재를 사용하면 [용의 부활]도 견적이 나오겠네."

수백 개나 되는 [화석] 아이템 중에서 찾던 [고대룡] 소재는 겨우 세 종류밖에 나오지 않았지만, 에밀리 양의 표정을 보니 그걸로도 충분한 모양이었다.

"고생했어. 에밀리 양."

"후훗, 지금부터가 시작이야."

나와 에밀리 양은 그런 이야기를 주고받으며 미소를 지었고, 마기 씨는 돌려받은 나머지 [화석]과 [잡동사니]를 감정한 아이템을 보고——.

"이쪽은 일반적인 소재니까 따로 계산하고, 이쪽은 내구도가 낮은 무기니까 나중에 녹이자. 이쪽 광석은 뭉쳐서 소재로 쓸 수 있고. 식물 계열은 윤 군에게 줄게."

자, 그렇게 말하며 대충 건네주는 마기 씨를 보고 나는 살짝 쓴웃음을 지으며 받아들었다. 그리고 마기 씨는 마지막으로 어떤 잡동사니를 감정한 아이템을 보았다.

"왠지 이거 좀 대단한 것 같은데?!"

마기 씨가 들어올린 것은 황야 에리어의 유적 오브젝트 안에서 발견한 중화 냄비 같기도 하고 투구 같기도 한 잡동사니를 감정한 아이템이었다.

군데군데 녹이 슬었지만 그 안쪽에는 마법 느낌이 나는 동력선이 남아 있었고, 아이템의 이름은 [기계장치 마도인형]의 [머리]였다.

"이거 왠지 수리할 수 있을 것 같은 분위기인데! 그리고 이 애의 팔이나 다리 같은 것도 있고."

"그러네요. 기계인형 같은 느낌이에요."

나는 [기계장치 마도인형]의 [오른팔]과 [왼쪽 다리]를 들고 흥분한 마기 씨에게 맞장구를 치면서 부서진 기계장치 마도인형을 [조금] 센스로 관찰해보니 곳곳에 수리할 부분을 알아낼 수 있었다.

"수리하는 건 힘들겠네."

예를 들면 팔 파츠 부분은 외각이 심하게 녹슬어 있고 마법 느낌이 나는 동력선이 다 드러나 있다.

팔의 프레임에도 녹이 슬었고 구체관절 사이에 모래가 끼었는지 잘 움직이지 않아서 수리하고 조정할 필요가 있을 것 같다.

기본적으로 마법 느낌이 나는 동력선은 무사하긴 했지만, 그것 말고도 수리할 부분이 많다.

"그래. [용의 부활]급으로 힘들지 않을까나?"

"그럼 더더욱 불타오르지! 잠깐 노점이나 골동품 상점에 가서 이 애의 다른 파츠가 [잡동사니]로 나와 있는지 찾아 보고 올게!"

그렇게 말한 다음 [기계장치 마도인형]의 [머리]를 옆구리에 끼고 에밀리 양의 가게를 뛰쳐나간 마기 씨.

"아~, 가버렸네. 조금만 기다렸으면 나도 도와줬을 텐데……."

"뭐, 금방 저걸 수리할 수는 없을 것 같은데? MOB 소재로 MOB을 부활시키는 것과 마찬가지로 꽤 소재가 많이 필요할 거야. 그건 그렇고 먼저 윤 군에게 부탁하고 싶은 게 있어."

마기 씨를 바라보던 에밀리 양은 진지한 표정으로 나를 돌아보았다.

"용의 소재로 용 MOB을 부활시키는 방법은 NPC에게 들었어. 『죽은 생명을 되살려내는 비법은 그 육체를 살아 있는 상태로 되돌리고 강력한 핵을 중심으로 몸의 일부와 잃어버린 육체를 보완할 요소가 필요하다』고 하던데."

그런데 말이지, 그렇게 말을 꺼낸 에밀리 양.

"100퍼센트 원하는 형태로 부활시킬 수 있다는 보장이 없어. 상황에 따라서는 적대시하는 MOB이 될지도 모르지. 그렇게 되면 바로 전투를 벌이게 돼. 지금까지 해온 준비가 전부 허사로 돌아가는 것뿐만이 아니라 그 MOB에게 우리가 당할 수도 있지. 그래도 도와줄래?"

나를 지긋이 바라보고 있는 에밀리 양의 눈동자에는 기대, 그리고 불안한 기색이 동시에 보였다. 그래서 나는 내 솔직한 마음을 전해서 안심하게 만들었다.

"자잘한 건 잘 모르겠지만 성공할 보장이 없다 해도 아무것도 안 한다는 선택은 하지 않을 거야. 나도 용이 부활한다면 그 결과에 흥미가 있어. 그러니까 도와줄게."

"윤 군, 고마워."

"그리고 실패하면 그 다음에 성공할 수 있게끔 방법을 개선하면 되고."

내가 그렇게 말하자, 에밀리 양은 살짝 웃었다.

"그럼 마음 편히 도와달라고 부탁할게."

에밀리 양은 그렇게 말한 다음 필요한 나머지 공정을 가르쳐주었다.

"[용의 부활]에 필요한 용 계열 소재는 이제 다 모였지만 아직 부족한 소재가 있어."

"그럼 그 소재를 채집하는 걸 도와줄까?"

"용 계열 소재를 하나로 잘 [합성]하기 위해서는 소재에 수고를 들일 필요가 있어. 그 가공 소재를 윤 군이 만들어줬으면 해. 그렇게 하면 그 다음에는 가공한 소재에 핵을 더한 오종 합성을 거쳐서 드디어 용이 부활하는 거야."

에밀리 양이 피처럼 새빨간 보석을 꺼내 내게 보여주었다. [속성석]보다 소중하게 다루는 걸 보니 그게 핵이 될 아이템인 모양이었다.

그 보석에 《스킬 인챈트》로 마법을 인챈트하면 초급을 뛰어넘어 중급까지 될 것 같은 분위기를 띠고 있었다.

"그 보석은……."

"[피의 보주]야. 혈액 계열 아이템을 써서 [연금솥]으로 변환을 거듭한 아이템이지. 잘게 부숴서 포션에 섞으면 회복효과가 올라간다는데, 이걸 핵으로 쓸 거야."

그 [피의 보주]를 핵으로 삼아 다른 네 가지 용의 소재와 합성시키면 용이 부활하는 모양이었다.

그리고 내가 맡게 된 역할은——.

"윤 군은 용의 소재를 살아 있는 상태로 만들기 위해 필요한 [세포 배양액]을 만들어줬으면 하는데……."

곤란하다는 듯이 쓴웃음을 지은 에미리 양은 좀 아쉽다는 듯이 말했다.

"내가 [합성] 스킬로 만들어내려고 했는데 실패했거든. 아마 [합성]으로는 미세한 조정을 할 수 없기 때문일 거야."

"그럼 내가 [조합]으로 만들면 돼?"

"그래. 윤 군은 특기인 [조합]으로 붉은 [세포 배양액]을 만들어줬으면 해. 레시피는 이거야."

나는 바로 받아들이고 에밀리 양이 준비해둔 레시피로 소재와 분량을 확인했다.

사용할 소재는 약비초, 혼백초, 생명의 물, 활력수 열매, 한산포도.

레시피에 [합성] 순서가 적혀 있긴 했지만, [조합]에는 [조합]의 순서가 따로 있기에 그것을 새로 찾아내야만 한다.

"이걸로 붉은 와인이라도 만드나?"

와인은 그리스도의 피라고도 하니 어떤 의미로는 생명의 상징이라고도 할 수 있나? 그렇게 딱히 상관없는 의문을 품으며 에밀리 양에게 물어보았는데 아니라고 한다.

"[세포 배양액]이야. 실수로라도 와인은 만들지 마."

그렇게 말하고 먼 산을 바라보는 듯한 표정을 지은 에밀리 양.

나는 일단 바로 만들어볼까 하는 생각이 들어 야외에서 조합하기 위한 휴대용 조합 키트를 꺼냈다.

복잡한 조합을 하려면 [아트리옐]의 생산 설비가 필요하지만 간이 조합이라면 이걸로도 충분할 거라 생각하며 조합할 준비를 시작했다.

●

"자, 해볼까."

에밀리 양은 따로 [세포 배양액]이 완성된 뒤에 용 계열 소재를 넣기 위한 배양조를 준비하고 있었다.

"소재하고 분량은 알지만, 문제는 조합할 순서지."

순서 때문에 결과가 달라진다면 조건을 세세하게 바꿔가며 시험해나갈 필요가 있다.

그걸 전부 다 조사하려면 힘들겠는데…… 그렇게 생각하며 우선 기본 작업으로 소재 중에서 약초와 나무 열매를 빼고 그 엑기스를 짜내 시약을 만들었다.

"그렇구나, 양의 배분도 고려해야겠어. 우선 다섯 종류 중에 한 종류만 다른 것보다 많이 섞은 혼합액을 가열해서 온도가 어떻게 변화하는지 볼까?"

옆에 노트를 꺼내놓고 세밀하게 양을 조절한 시약의 혼합액을 알콜 램프로 가열하며 색이 어떻게 변화하는지 등을 판단했다.

그중에서 실패작이긴 하지만 에밀리 양이 [합성]했던 [세포 배양액]의 붉은색에 가장 가까운 적자색이 나온 것이 생명의 물을 많이 넣은 경우였다.

약비초를 많이 넣으면 녹색. 혼백초를 많이 넣으면 옅은 노란색.

"그럼 생명의 물을 기반으로 고려해야겠지."

생명의 물 다음으로 어떤 소재를 많이 넣어야 할까, 시행착오를 거듭하면서 신중히 조사하여 여러 가지 조건을 찾아나갔다.

"그러고 보니 에밀리 양이 [합성]으로 [세포 배양액]을 만들려고 했을 때는 어떤 아이템이 나왔어?"

"하이 포션이 되거나, MP 포션이 되거나, 아예 완전히 다른 아이템이 되거나, [합성]을 실패해서 독이 되기도 했어."

하긴, 사용한 소재를 따지면 약비초와 생명의 물을 합성했으니 하이 포션, 혼백초와 생명의 물을 합성했으니 MP 포션이 될 가능성도 있겠다.

그 아이템에 내 [마력부여] 스킬이나 에밀리 양의 [마력정착의 의식]을 사용하면 메가 포션이나 MP 포트가 된다.

생산 아이템의 난이도가 높을수록 나올 확률이 낮은 것 같으니, 원하는 아이템을 뽑는 것보다 성공할 확률이 낮은 건지도 모르겠다.

"어때? 참고가 되었어?"

"아직 잘 모르겠지만 재미있는 이야기를 들은 것 같긴 해."

나는 그렇게 대답하면서 시약을 섞고 그 패턴으로 인한 색의 변화를 노트에 적어나갔다.

그리고 이것저것 시행착오를 겪은 결과, 가장 바람직한 [세포 배양액]의 조합 비율을 알아내는 데 성공했다.

[세포 배양액]은 다섯 종류의 소재 중에서 생명의 물과 활력수 열매의 즙 비율을 많이 넣어서 만들 수 있고, 포션처럼 가열하면 금방 변질되어버려서 끈적끈적한 노란색 [균류 영양제]로 변한다.

온도가 낮아지면 효과가 발휘되지 않고, 사람의 체온 정도의 온도를 유지시킴으로써 액체의 붉은색이 가장 선명해지는데 그 온도 유지 때문에 내가 골머리를 앓고 있었다.

"음~. 온도 유지는 어떻게 해야 하려나."

"그건 내게 맡겨."

"에밀리 양, 뭔가 좋은 생각 있어?"

"그래. 잠깐만 기다려. 블루 젤리면 되겠지. 거기에 화속성을 더해서."

에밀리 양은 익숙한 손놀림으로 합성진에 아이템을 배치하고 합성 MOB의 핵석을 만들어냈다.

"자, 다 됐어. ──《소환》!"

그리고 만들어낸 MOB은 희미한 열량을 뿜어내는 [히트 젤]이었다. [아트리엘]에서도 자쿠로가 마음에 드는 온수 주머니처럼 이용하는 젤 계열 합성 MOB 안에 에미리 양이 [세포 배양액]이 든 포션 병을 넣었다.

"이 애한테 가지고 있으라고 하면 사람 체온 정도를 유지할 수 있겠지."

"그렇구나. 그럼 커다란 병을 만들어서 더 큰 히트 젤에게 가지고 있으라고 해야겠네."

"그렇다면 [라지 히트 젤의 핵석]을 만들어야 하겠네."

그렇게 말하고 배양조를 준비하는 것과 동시에 합성 MOB을 척척 만들기 시작한 에밀리 양.

[조합] 순서를 알아내는 데 성공했기에 이제 배양조 네 개를 채울 [세포 배양액]을 만들 필요가 있는데, 역시 지금 가지고 있는 야외용 조합 키트로는 다 만들 수가 없기에 일단 [아트리엘]로 돌아가서 만들어올까 생각하고 있자니 에밀리 양이 내게 말을 걸었다.

"윤 군, 배양조를 채울 [세포 배양액]을 준비할 수 있을 것 같아?"

"여기 있는 소재로는 부족한데, [아트리엘]에는 거의 다 있으니 괜찮을 거야. 아, 한산포도는 채집해야겠네."

제1마을의 북쪽 숲에 있으니까 거기로 채집하러 가야겠다. 그렇게 작은 목소리로 중얼거렸다.

"그건 괜찮아. 레티아하고 도우미로 벨에게도 소재를 모아달라고 부탁했으니까. 뭐, 다른 과일 계열 아이템을 모으는 김에 말이지."

"벨에게?"

벨의 이름을 듣고 나는 고개를 갸웃거렸다.

소규모 길드 [푹신동물 동호회] 길드 마스터 벨가모트. 애칭은 벨이다.

동물을 좋아하고 푹신푹신한 것을 좋아하며 항상 고양이 귀 카츄샤와 육구 글러브를 가지고 다니는 좀 특이한 여자애다.

레티아와의 관계는 벨이 개인적으로 레티아의 사역 MOB을 푹신푹신하고 싶다는 욕구뿐만이 아니라 레티아의 소규모 길드 [신록의 바람]과 협력관계를 맺고 있기도 하다.

그런데 꽤 골치 아픈 [용의 부활]을 위한 소재를 모으는데 왜 협력하고 있는 걸까, 나는 그 이유가 궁금했다.

"[용의 부활]이야기를 하니까 엄청나게 관심을 보였어. 비늘에 뒤덮인 드래곤을 만져보고 싶다던데. 그래서 레티아가 없을 때도 벨이 혼자서 소재를 모아줬고."

"그렇구나. 엄청 납득이 되는데."

벨 답다, 그렇게 생각하며 쓴웃음을 지은 나는 [용의 부활]을 시도할 때 다시 만날 거라 생각하고 그때를 기대하기로 했다.

그렇게 에밀리 양과 이야기를 나누던 나는 문득 생각이 나서 좀 전에 [세포 배양액]을 만드는 과정에서 알아낸 것을 에밀리 양에게 보고했다.

"그리고 보니 [세포 배양액]을 만드는 과정에서 나온 부산물로 알아낸 건데, 그 레시피로 아이템의 배합을 바꾸면 아이템이 네 종류 파생되는 것 같아."

"파생?"

"내가 [조합]으로 조사해본 결과로는 그래. 그러니까 딱히 소재의 비율을 지정하지 않는 [합성]으로는 실패했겠지."

어떤 아이템을 만드는 방법이 여러 가지 있다면 같은 소재를 조합하더라도 조합의 순서나 넣는 소재의 비율에 따라 여러 가지 아이템이 파생될 수도 있다.

"생명의 물하고 활력수 열매를 많이 넣으면 붉은 [세포 배양액]. 혼백초하고 한산포도를 많이 넣고 가열해서 끈적거리게 만들면 노란 [균류 영양제]. 약비초하고 생명의 물, 활력수 열매를 많이 넣고 물을 잔뜩 적시면 녹색 [식물 영양제]. 혼백초하고 활력수 열매, 한산포도를 많이 넣으면 적자색 [숲의 혈명주], 이렇게 네 종류가 파생되던데. 그리고 다른 것들은 실패."

아직 완전히 조사하지는 않았지만 내 [조합]으로 시험해 본 결과 그렇게 되었다.

새 레시피에 대해 내가 그렇게 말하자, 에밀리 양은 미소를 지으며 듣고 있었다.

"그래서…… 아, 미안. 멋대로 이야기해서."

"아니. 흥미로운 이야기야. [조합]하다가 [식물 영양제]가 나오면 좀 나눠줄래?"

"딱히 상관은 없는데, 어디다 쓰게?"

순수한 의문이 들어 물어보니 에밀리 양이 가게 구석에 있던 도등화 나무 화분을 손가락으로 가리켰다.

실내에서 키우고 있어서 [아트리엘]의 밭에 심은 것보다는 꽤 작지만 그래도 묘목 때보다는 많이 큰 도등화 나무였다.

"평소에는 물의 요정이나 합성 MOB에게 물을 주게 해서 관리를 맡기고 있는데, 영양분도 좀 주고 싶거든."

"응, 알았어. 그럼 [식물 영양제]가 나오면 가지고 올게."

"고마워, 윤 군."

그렇게 레시피 정보를 서로 제공하거나 아이템을 만들어 주곤 한다.

에밀리 양과 서로 주고받는 생산직 관계가 매우 편안한 느낌이라는 생각을 하고 있자니 가게 문이 열리고 낯익은 플레이어가 들어왔다.

"에밀리 씨, 한산포도를 지정한 숫자만큼 확보했어요. 힘들었어요, 배가 고파요."

"무슨 소릴 하는 거야? 레티? 모을 때마다 먹어서 사실 지정한 숫자의 두 배나 채집하게 되었잖아——아니, 윤 씨네. 야호~! 오늘은 푹신동물 없어?"

레티아와 벨이 들어와서 단숨에 시끌벅적해진 [소재상] 내부. 나는 오늘은 나 혼자라고 말하면서 차를 마실 준비를 하러 자리에서 일어나 두 사람의 자리를 비워줬다.

두 사람에게서 한산포도를 받아들며 채집 중에 있었던 일 이야기를 듣는 나와 에밀리 씨.

그 도중에 [기계장치 마도인형]의 잡동사니를 떠안고 돌아온 마기 씨도 합류해서 처음으로 [용의 부활]에 참여한 플레이어가 모두 모이게 되었다.

"아~, 마기 씨다아! 리쿠르는?! 늑대 푹신푹신하게 해줘어!"

"으엑! 벨, 왜 여기 있어?!"

뭐, 얼굴을 마주친 순간에 보이는 반응이 모두 다 좋진 않았지만······.

"어라? 마기 씨하고 벨이 아는 사이였어?"

내가 마기 씨를 위해 새로 차를 끓이며 묻자, 곤란하다는 듯이 대답한 마기 씨.

"아는 사이라고 해야 하나······ 뭐, 나하고 리쿠르의 열광적인 팬이야."

"아~, 마기 씨는 대장장이 계열 톱 생산직이니까요. 열광적인 팬이 있는 것도 당연하겠죠. 그리고 벨은 푹신동물을

97

좋아하니까."

내가 그렇게 납득하자, 벨 본인은 그런 이유도 있지만 그게 전부는 아니라며 열변을 토해냈다.

"마기 씨는 고양이 귀 카츄샤라는 혁신적인 장비를 베타 시절부터 일찌감치 만든 개척자야! 지금은 거의 만들어주지 않지만, 이 얼룩고양이 귀 카츄샤나 얼룩고양이 글러브는 몇 번이나 마기 씨에게 싹싹 빌어서 만들어달라고 한 명품이지."

"베타 시절에 괴짜 장비로 돈을 벌어들인 벌인가? 벨 같은 일부의 괴짜 장비 애호가들 중에 열광적인 팬이 있거든."

"이번에는 날마다 기분에 맞춰서 갈아 끼울 수 있게끔 검은 고양이, 하얀 고양이, 삼색털 고양이 귀 카츄샤하고 글러브 세트를 만들어줬으면 하는데."

부탁해요, 벨은 그렇게 말하며 육구 글러브를 장착한 채 아양을 떨었지만 마기 씨는 거절했다.

"안 돼~. 아니, 괴짜 장비 레시피는 다른 생산직 사람들도 만들 수 있게끔 공개했어. 그리고 모피에 [컬러링] 같은 스킬을 써서 진짜 같은 느낌을 내는 건 꽤 힘들거든?"

마기 씨가 그렇게 말하며 거절하자, 얌전히 물러난 벨.

"힘드시겠네요, 마기 씨."

"그렇다니까. 벨은 애교가 있고 물러날 때도 확실하게 알고 있으니까 단호하게 거절하기 힘들거든. 그건 그렇고 윤 군도 벨하고 알고 지내는 사이인 줄은 몰랐네."

"윤 씨하고 저는 이미 친한 친구예요!"

한 번 차를 마시고 이야기를 나눈 정도인데 친한 친구라니, 내가 당황하는데도 아랑곳하지 않고 이야기를 계속 이어나가는 벨.

"그리고 윤 씨에게는 레티아와 마찬가지로 제 감성에 딱 맞는 멋진 매력 요소가 있거든요!"

"무슨 소릴 하는 거야?"

벨이 내 질문에는 대답하지 않고 열변을 토하며 레티아의 등 뒤로 돌아가 볼을 비벼대자, 레티아는 짜증난다는 듯이 대하며 좀 전에 내가 만든 파운드 케이크를 냠냠 먹고 있었다.

"레티는 귀여운 엘프 귀가 있고 뒤에서 껴안으면 품속에 쏙 들어오는 이 아담한 느낌이 참 좋아. 그리고 머리카락이 찰랑거려서 기분 좋다고요."

레티아를 끌어안고 있던 벨은 레티아의 뒤쪽 머리카락에 볼을 비벼댔다.

"있지, 레티아. 대체 벨이 뭐라고 하는 거야?"

"푹신푹신한 것을 좋아하는 촉감 성애자라고 해야 할까요? 북실북실하고 부드러운 수건이나 이불을 좋아하는 느낌 같은데요."

벨은 잠깐 아쉬운 기색을 보이며 레티아에게서 물러난 다음 은밀 계열 센스를 구사해서 단숨에 내 뒤로 파고들었다.

"다음에는 윤 씨의 포니테일! 예쁜 흑마의 꼬리 같다고요."

그렇게 말하며 내가 뒤로 묶은 머리카락에 얼굴을 들이대고 볼을 비비기 시작했다.

"하아, 말 꼬리에 볼을 비비는 것 같은 기분이야. 그리고 달콤한 향기가 나네……."

"달콤한 향기라니, 아까 과자를 만들었기 때문이야! 그리고 그만하라고! 벨!"

"벨, 그만하세요."

나는 뒤를 돌아보며 벨을 떼어냈고, 레티아도 한 손으로 파운드 케이크를 확보하면서 다른 한쪽 손으로 벨의 옷을 잡아당겨 떼어냈다.

"아~, 윤 씨의 포니테일~!"

"정말, 벨에게 이런 면이 있을 줄은 몰랐네."

벨이 볼을 비벼대는 것에서 벗어나 축 늘어진 나는 다시 습격당하기 전에 묶었던 머리카락을 풀고 앞치마를 벗었다.

"힘들겠구나, 윤 군."

"저기, 뭐라 말하기 힘드네요."

벨은 내가 포니테일을 푼 순간 아쉬워했지만 바로 다시 기회가 있을 거라 생각했는지 자신을 떼어낸 레티아를 다시 껴안고 볼을 비벼대기 시작했다.

마기 씨는 그런 두 사람을 보며 쓴웃음을 지었고, 나는 딱딱한 미소를 지었다. 그리고 마기 씨가 생각났다는 듯이 소리쳤다.

"그렇지! 윤 군! 들어봐! [기계장치 마도인형]을 수리하는

방법을 알아냈어!"

"정말로요?"

"이거, 골동품 상점 NPC에게 [해체도면]을 사왔어! 뭔가 글자가 적혀 있는데 나는 [언어학] 센스가 없긴 해도 도면을 보면 대충 아니까, 프레임은 정비하면 써먹을 수 있을 것 같아."

"[해체도면]. 그런 게 있군요."

"그래. 그밖에도 마법 느낌이 나는 동력선은 그대로 써먹을 수 있으니까 이제 부족한 외각을 [대장]이나 [세공] 계열 센스로 마련하기만 하면 돼!"

그렇게 말하며 테이블 한가운데에 도면을 펼치는 마기 씨.

"윤 군하고 에밀리도 도와줬으면 하는데. 윤 군은 나하고 같이 부족한 외각 제작, 에밀리는 그 작업에 필요한 소재를 마련해줬으면 해."

그렇게 열변을 토하는 마기 씨에게 에밀리 양은 차를 한 번 마신 다음 대답했다.

"제 [용의 부활]이 끝난 뒤라면 도와드릴게요."

"그래도 상관없어. 그럼 [기계장치 마도인형]을 수리하자!"

"네? 저도 외각을 만들어야 하나요?"

"윤 군의 [조금] 센스 레벨을 팍팍 올려서 새로운 외각을 만들자!"

약간 놀라긴 했지만 나도 시치후쿠네 길드의 갤리온 제작을 위해 배못을 만들 수 있게 레벨을 올리고 싶었기에 마기 씨가 가르쳐준다면 하고 싶다는 마음이 들었다.

그리고 머리가 중화 냄비를 거꾸로 뒤집은 것 같은 것처럼 생긴 기계장치 인형이 움직이는 모습도 보고 싶었다.

3장　MOB의 부활과 드래곤 좀비

　마기 씨가 [기계장치 마도인형]을 수리하자는 이야기를 꺼내자 레티아와 벨은 생산계 센스를 가지고 있지 않지만 소재를 조달하는 것을 돕겠다고 했다.

　기동력이 뛰어난 사역 MOB을 지니고 있는 레티아와 뛰어난 전투능력을 지니고 있는 벨이라면 소재를 채집하는 것 정도는 충분히 해낼 수 있을 것이다.

　두 사람은 에미리 양의 [용의 부활]에 필요한 한산포도를 막 모아온 참이었지만, 이번에는 황야 에리어에서 [기계장치 마도인형]의 나머지 팔다리와 몸통을 구성할 [잡동사니] 수색과 미스릴 광석 채굴을 부탁했다.

　그리고 그 뒤로 [아트리엘]로 돌아온 나는——.

　"좋아, 일단 필요한 [세포 배양액]은 다 된 것 같은데."

　에밀리 양에게 부탁받은 대량의 [세포 배양액]을 완성시킨 다음 인벤토리에 넣었다.

　이제 에밀리 양에게 가서 배양액에 용의 소재를 넣고 사람의 체온 정도의 온도에 잠시 데우기만 하면 소재 처리는 끝난다.

　"그건 그렇고 참 힘들었지. 내 조합솥 크기로도 세 번이나 만들 필요가 있었으니까……."

　에밀리 양의 [소재상]에서는 휴대용 조합 키트로 만들었는데, 조금 만드는 것과 대량으로 만드는 것은 들어가는 수고가 전혀 다르다.

그리고 거기서 알아낸 조합 비율을 통해 배양조 하나 분량에 들어가는 소재의 양을 계산해보니 [생명의 물]이 조금 부족했기에 [아트리엘]에 설치해두었던 미니 포탈을 통해 그랜드 록 내부에 있는 샘까지 가지러 가는 등, 나름대로 시간과 수고가 들었다.

가열하면 성분이 변질되어 [균류 영양제]가 될 가능성이 있기에 최대한 열을 가하지 않는 조합방법을 사용할 필요가 있어 끓이지 않고 담그는 방식으로 만들게 되었다.

대량의 [생명의 물]을 채운 나무통 안에 건조시킨 약비초와 혼백초, 한산포도를 압착시킨 포도 주스, 껍질을 벗기고 열매를 식칼로 잘게 썬 활력수 열매를 사전에 알아낸 조합 비율에 맞춰 넣고 시간을 들여 엑기스가 섞이기를 기다렸다.

한 통으로는 부족했기에 똑같은 통을 세 개 준비해서 완성될 때까지 기다렸다.

소재를 담근 초기 스테이터스는——.

혼합물이 섞인 생명의 물 [소모품]
효과 : 없음(남은 시간 72시간) ※스킬에 의한 시간 단축 가능

그것을 암실로 옮겨 변하기를 기다리자——.

세포 배양액[소모품]

[재생] HP+1퍼센트/360초

——이렇게 완성된 것은 효과시간이 긴 재생 포션이지만, 이번에는 [용의 부활]에 사용할 가공 소재다.

[조합] 스킬을 사용하면 액체가 변화하기까지 기다리는 시간을 단축시킬 수 있지만 배합 비율을 미세하게 조정하지 못하고 결과가 바로 나와버리기 때문에 색이나 상태의 변화를 잘 관찰하며 작업을 계속해나갔다.

중간에 뒤섞인 엑기스가 아래쪽으로 가라앉아 그 위치 때문에 내부의 액체 색깔이 변했기에 몇 번 휘저어서 섞어 주었고, 자연 증발로 인한 수분 감소도 염두에 두고 중간에 [생명의 물]을 적당히 넣다 보니 결국 만드는 데 사흘이나 걸렸다. 마지막으로 건더기가 가라앉은 새빨간 웃물을 별개의 보존용 용기에 담아서 완성했다.

"휴우, 설마 하루에 한 번 저어줄 필요가 있을 줄이야…… 그것도 꽤 힘들었지."

"윤 씨, 고생하셨어요. 그 정도 작업은 제가 대신 할 수도 있는데요."

나중에 또 쓸지도 모르는 통을 쿄코 씨와 함께 깨끗하게 씻고 우드덱 위에 올려서 말리며 이야기를 나누었다.

"음~. 그러면 쿄코 씨가 힘들 테니까."

"그렇긴 한데요, 하루에 한 번 정도면 괜찮을 것 같거든요."

"이번에 만든 건 이제 당분간 만들지 않아도 될 것 같으니까 굳이 부탁하려면 가끔 담그는 과일 병 관리 쪽을 부탁하고 싶은데."

[세포 배양액]은 대량으로 필요하기 때문에 커다란 통을 써서 만들었지만, 시유 열매나 투우 열매를 담근 병은 쿄코 씨에게 맡길 생각이다.

그쪽은 일부러 섞을 필요도 없이 병을 통째로 흔들거나 내용물을 꺼낼 때 자연스럽게 섞이게 된다.

"쿄코 씨에게는 다음에 [식물 영양제]를 맡길 테니까 비료하고 같이 밭에 써줬으면 좋겠어."

그것도 담근 다음 기다리는 시간이 필요한 게 문제지만, 어쩔 수 없지.

"알겠습니다. 그럼 맡겨주시는 걸 기대하며 기다릴게요."

쿄코 씨는 애교 있는 표정으로 미소를 지은 다음 살짝 인사를 하고 다시 [아트리엘]의 카운터로 돌아갔다.

"자, [세포 배양액]이 완성 되었으니 에밀리 양에게 가져다줄까?"

내가 에밀리 양에게 연락하자 [소재상]에서 기다리겠다고 했다.

이번에도 뤼이와 자쿠로는 가게를 지키라고 한 뒤 [소재상]에 도착하자 마침 에밀리 양과 마기 씨가 서로 메모를 확인하면서 뭔가 상의하고 있는 것 같았다.

"에밀리 양, 마기 씨. 안녕하세요."

"윤 군, 어서 와. [세포 배양액]은 다 만들었어?"

"그래. 이게 납품할 분량이고."

인벤토리에서 꺼낸 커다란 용기에 가득 찬 새빨간 액체를 본 에밀리 양은 그것을 지긋이 관찰했다.

"조금 써봐도 될까?"

"나한테 허가를 받을 필요는 없어. 원래 에밀리 양 거니까."

"뭐야? 뭐야? 윤 군하고 에밀리 양이 뭔가 하려고?"

[세포 배양액]을 사용하는 것에 흥미를 보인 마기 씨가 에밀리 양의 손 근처를 들여다보았다.

에밀리 양은 MOB의 드롭 아이템으로 보이는 뼈를 꺼낸 다음 나이프 자루로 쳐서 일부가 떨어져 나간 뼈를 비커 안에 넣고 [세포 배양액]을 부었다.

그러자 빨간 [세포 배양액] 안에서 하얀 거품이 생겨났고 뼈가 떨어져 나간 부분에 달라붙는 듯이 모여들었다.

서서히 불투명한 흰색으로 탁해진 [세포 배양액]을 버리고 뼈를 확인해보니 떨어져 나간 부분이 원래대로 돌아오기 시작하고 있었다.

"응. 제대로 만들어졌네."

"대단해. 이런 것도 할 수 있구나."

"뼈가 떨어져 나간 부분이 확실하게 재생되고 있네."

나는 에밀리 양이 비커에서 꺼낸 뼈를 받아들고 아직 [세포 배양액]으로 인해 젖어 있는 그것을 빤히 바라보며 관찰해 보았는데 재생된 부분이 약해진 것 같지도 않았다.

"이제 내가 가지고 있는 용의 소재를 [세포 배양액]에 넣어서 최대한 용이 살아 있었을 때에 가까운 상태로 만들 거야."

"저기, 이 [세포 배양액]······ 본 액세서리를 가공할 때 쓸 수 있을까?"

"아, 그거 편리하겠네! 뼈나 이빨을 가공할 때 실수해도 다시 만들 수 있으면 좋지!"

내가 문득 떠오른 생각을 말하자, 마기 씨가 맞장구를 쳐 주었다.

"방금 생각난 건데요, 이걸로 소재의 형태를 어느 정도 되돌릴 수 있다면 [기계장치 마도인형]의 외각을 MOB의 소재로 가공할 수 없을까요? 스틸 카우의 가죽 외각 같은 건 단단하면서 생체 소재 특유의 온기가 있잖아요."

"재미있을 것 같긴 한데 공격력이나 방어력이 좀 불안하지. 그리고 기계장치 인형은 로망이 있어야 해!"

갑자기 [세포 배양액]을 이용하는 방법에 대해 생산 이야기를 나누기 시작한 나와 마기 씨에게 에밀리 양이 쓴웃음을 지으며 주의를 주었다.

"그런데 이렇게 된 소재는 제대로 관리하지 않으면 세포가 과잉 분열 상태에 빠지니까 만지기만 해도 폭발한다고 하니 조심해."

"어? 정말?!"

증식한 육편이 만진 순간 폭발해서 사방으로 흩어지는 장면을 상상하고 축 늘어진 나를 보고 재미있다는 듯이 살짝 웃는 마기 씨와 에밀리 양.

나는 기분 나쁜 화제를 돌리기 위해 말을 꺼냈다.

"그러고 보니 제가 들어왔을 때 뭔가 상의하고 계셨던 것 같은데요. 뭐하고 계셨어요?"

"응? [용의 부활]을 실행할 장소에 대해서 상의하고 있었어."

에밀리 양이 좀 전에 보고 있던 메모를 내게 건넸기에 받아들고 훑어보았다.

"이건…… 합성진? 그런데 좀 다른 것 같은데?"

"절반만 정답이야. MOB 부활용 연성진이라고나 할까? 가운데에 부활시키고 싶은 MOB의 핵이 될 아이템을 놓고 사방에 부활시키고 싶은 MOB의 성질을 정할 소재를 놓는 거지."

이걸 응용하면 필요한 아이템을 모으기만 하면 싸우고 싶은 MOB을 편하게 불러낼 수 있다.

예를 들면 보스 MOB인 골렘을 쓰러뜨리면 드롭하는 [지정령의 돌]을 핵으로 삼아 철 주괴 네 개를 바치면 아이언 골렘이 부활하는 모양이다.

"무기물 계열이나 영체 계열, 소형 피라미 MOB 같은 건 꽤 부활시키기 쉬우니까 나 혼자서 여러 번 성공한 적도 있고, 피라미 MOB을 부활시키는 건 초보가 연습할 때 쓸 수도 있겠지."

"호오, 그런 식으로 여러 가지 MOB을 부활시키는 데 쓸 수 있구나."

나는 감탄하며 고개를 끄덕이다가 어떤 사실을 깨달았다.

"앗, 기성품 합성 키트가 없으니까 손으로 그려야 하는구나. 그리고 용은 대형 MOB이니까 공간도 필요하겠고."

"그래. 그래서 대형 MOB을 불러내도 눈에 띄지 않을 곳을 마기 씨와 함께 생각하고 있었어."

대형 MOB을 불러내도 눈에 띄지 않을 곳이라면……

"던전 안에 있는 큰 방은 어때? 거기에 있는 적 MOB을 다 해치우면 다시 MOB이 나올 때까지는 안전하고 눈에 잘 띄지도 않지. 사람이 잘 오지 않는 던전이 좋을 것 같은데."

"그 조건이라면 괜찮은 곳을 알고 있어."

내가 생각한 것을 말하자, 마기 씨가 어떤 곳을 생각해 냈다.

"제1마을에 가까운 소규모 던전이라 예전에는 나도 신세를 졌는데, 요즘에는 사람들이 거의 안 가니까."

"마기 씨, 그곳에 대해서 자세히 알려주시겠어요?"

에밀리 양이 마기 씨의 제안에 관심을 보이자, 마기 씨가 생글거리며 설명해주었다.

"나오는 MOB은 리빙 아머만 있는 던전이고 적 치고는 약해. 그런데 집단으로 나오니까 인간형 MOB을 상대로 연습하기에는 괜찮은 곳이지."

"그런데 왜 사람들이 잘 안 가게 되었나요?"

그 원인을 모르고 가면 갑작스러운 문제가 생길 수도 있다. 예를 들면 엄청나게 강한 MOB이 나오게 되어서 지금은 강한 플레이어만 갈 수 있는 곳이 되었다거나.

그리고 마기 씨의 대답은——.

"예전에는 드롭 아이템인 철제 장비 같은 게 짭짤했는데, 지금은 시장에 철 주괴가 넘쳐나고 장비를 녹여서 주괴로 만드는 것이 귀찮은 생산직도 많은데다 NPC에게 팔아봤자 돈도 얼마 안 되니까."

OSO의 정식 서비스 시작 당시에 철 주괴가 부족했을 시기에는 인기가 있었지만 시장에 아무렇지도 않게 풀리게 된 지금은 완전히 사람들이 잘 가지 않게 된 던전인 모양이었다.

플레이어들은 잘 가지 않고 최하층까지 내려가도 얻을 수 있는 아이템은 별 볼 일 없다.

"그렇구나. [용의 부활]을 실행하기에는 딱 좋은 곳이야. 그럼 사흘 뒤 밤에 그곳에서 실행하자!"

"앗싸! 사실 [기계장치 마도인형]의 곳곳에 들어갈 외각을 단조가 아니라 주조로 형태를 만들어서 나중에 조정하고 싶으니까 그 금형용 금속이 필요했거든. 그 던전 안에서 쓰러뜨린 적이 드롭하는 아이템은 내가 받아도 될까? 적당한 가격으로 쳐줄게."

그렇게 말하며 미소를 짓는 마기 씨를 보고 나와 에밀리는 참 대단하다고 생각하며 쓴웃음을 짓고 고개를 끄덕였다.

레티아와 벨에게도 연락을 한 다음 맞이한 [용의 부활] 실행 당일.

　인기가 없어 사람들이 잘 가지 않는 던전 최하층 큰 방에 온 우리는 신중하게 [용의 부활] 준비를 진행하고 있었다.

　"나는 벨하고 같이 근처에서 리빙 아머를 사냥하고 드롭 아이템을 모아올게."

　"다녀올게~."

　"다녀오세요."

　벨을 데리고 리빙 아머 사냥을 하러 가는 마기 씨를 배웅한 다음 에밀리 양은 바닥에 분필 같은 것으로 부활용 연성진을 그렸고, 나는 방구석에 돗자리를 깔고 남아 있던 레티아와 함께 차를 마시고 있었다.

　"휴우, 일단 절반은 그렸어."

　그렇게 말하고 숨을 돌리러 우리가 있는 쪽으로 온 에밀리 양에게 차와 에밀리 양이 좋아하는 파운드 케이크를 건넸다. 그러자 그녀는 바로 먹은 뒤 기분 좋은 표정을 지었다.

　"에밀리 양, 지금 상황은 어때?"

　"부활 연성진은 절반 정도 그렸어. 전부 다 그리고 나면 [세포 배양액]으로 처리한 [고대룡] 계열의 소재하고 핵으로 삼을 [피의 보주]를 배치할 거야."

　"기대되네요. 용이에요, 드래곤이에요. 어떤 느낌일까요?"

레티아는 벌써부터 신이 난 모양이었지만, 에밀리 양은 쓴웃음을 지으며 말했다.

"레티아, 용이 부활하더라도 완전히 성공했다고는 할 수 없어."

"부활한 MOB이 적대시할 경우에는 바로 전투를 벌이게 된다고 했지. 그게 무슨 뜻인데……?"

나는 그때 자세히 물어보지 않았던 점에 대해 물어보았다.

"부활에도 여러 가지 패턴이 있어. 우호적인 MOB이 되거나, 중립적인 MOB이 되거나, 적대적인 MOB이 되거나, 이렇게 세 가지 패턴 말이야. 우호적인 MOB이고 운이 좋다면 소환석이 되어주기도 하지만, 보통 그 MOB에 관련된 레어 아이템을 주곤 하지."

호오, 나는 그렇게 감탄했다. 그럼 [고대룡] 관련 소재를 사용하면 어떻게 될까?

고대룡 같은 것이 부활해서 용의 이빨을 주는 건가? 할 수만 있다면 드래곤하고 교류해보고 싶다는 꿈을 꾸고 있던 내 앞에서 레티아가 더 달라고 말하며 내민 접시에 파운드 케이크를 얹어주었다.

그런데 에밀리 양은 그런 내 기대에 찬물을 끼얹는 듯한 말을 했다.

"뭐, 우호적인 건 별로 없고 대부분 중립적인 MOB이 나와."

"그럴 경우에는 어떻게 되는데?"

"교섭하기에 따라 우호적으로 변하는 경우도 있고 적대시하는 경우도 있어. 적대시하게 될 경우에는 레티아의 솜씨를 볼 차례가 되겠지."

에밀리 양의 말을 듣고 레티아를 보니 추가로 받은 파운드 케이크를 입에 잔뜩 넣은 채 우물거리고 있었다. 그 모습을 본 나는 괜찮을지 조금 불안해졌다.

"적대시하는 타입이 부활할 경우에는 말없이 공격해 오는 거야?"

드래곤이 갑자기 공격해 오면 무서울 것 같으니까 그럴 때를 대비해서 대처 방법이나 마음가짐 같은 건 미리 생각해두고 싶다.

"호전적인 타입이라면 그렇게 되겠지. 이번에는 [고대룡] 계열의 소재를 사용하긴 했지만 어떤 타입의 용이 부활할지는 실제로 해봐야 알 수 있겠고."

혹시나 같은 용이라도 공룡이 나올지도 모르지, 그렇게 농담하는 에밀리 양을 보니 내가 상상했던 판타지의 드래곤을 부활시키겠다는 꿈이 사라지기 시작했다.

그리고 에밀리 양은 투자한 소재에 비해 부활한 MOB이 예상했던 것보다 급이 낮은 MOB이 될 가능성도 있다고 했다.

한 번 정도는 멋진 드래곤을 만나보고 싶다. 그리고 할 수만 있다면 우호적이었으면 좋겠다.

"용…… 가능하다면 동료, 안 된다면 고기가 되어달라고 하죠."

"화석으로 변했던 용을 먹을 생각이야?"

로망보다는 식욕을 중시하는 레티아를 흘겨보았지만 본
인은 딱히 신경 쓰지 않는 모양이었다. 파운드 케이크를 냠
냠 먹었다.

그런 레티아 주위에서 초식동물인 하루와 라나 버그인 키
사라기가 레티아에게 맞장구를 치는 것처럼 이빨로 소리를
내며 울었다.

저 녀석들도 그럴 생각인가…….

그리고 에밀리 양은 휴식을 취하고 나서 부활 연성진을
그렸고, 마침 다 그렸을 때 마기 씨와 벨이 돌아왔다.

"윤 군, 다녀왔어~. 이 계층의 적을 전멸시켰으니까 얼마
간은 방해받지 않을 거야."

"레티, 내가 없는 동안 쓸쓸하지 않았어?"

"으, 먹는데 방해돼요. 떨어지세요."

마기 씨는 리빙 아머 사냥의 성과에 대해 보고했고, 벨은
망설임없이 레티아에게 달라붙었고, 레티아는 짜증난다는
듯이 대했다.

돌아온 두 사람은 차와 파운드 케이크를 먹으며 잠시 쉬
었다.

먼저 휴식을 마친 에밀리 양이 [용의 부활] 준비를 다시
시작했고, 나와 레티아는 기다리며 에밀리 양이 마무리하
는 것을 바라보고 있었다.

"생각해보니 준비기간이 길었던 것 같기도 하고 짧았던 것 같기도 하네요. 제가 [용의 화석]을 손에 넣은 게 계기였죠."

나는 조용히 중얼거리는 레티아의 말에 귀를 기울였다.

에밀리 양은 [세포 배양액]에 넣은 [고대룡]계열 소재를 용기까지 통째로 연성진 사방에 놓았고 가운데에 부활의 핵으로 삼은 [피의 보주]를 설치했다.

"자, 시작한다. ——EX스킬 [부활연성]."

에밀리 양은 MOB을 부활시키는 EX스킬을 발동시켰다.

던전 바닥에 그린 부활 연성진에 빛이 가로지르자 [세포 배양액]에 담겨 있던 [고대룡] 계열 소재 주위에 거품이 일어났고, 곧바로 배양액 자체가 거세게 거품을 일으키며 금방 안에 들어 있던 소재의 모습이 보이지 않게 되었다.

그리고 연성진을 가로지르던 빛이 진 가운데에 도달하자 그곳에 설치된 [피의 보주]가 떠올라 그곳을 중심으로 빛의 입자가 모여들어 MOB의 모습을 이루기 시작했다.

"우와아아아아——."

나도 모르게 소리가 나올 정도로 환상적인 부활 광경.

빛의 입자로 이루어진 용의 실루엣은 등에 날개가 없는 걸 보니 하늘을 날아다니는 타입이 아닌 것 같았다.

그리고 긴 목과 몸통 크기에 비해 머리가 작은 것을 보니 공룡, 초식공룡처럼 온화한 MOB일 거라는 기대가 내 마음 속에서 커졌다.

그리고——.

『GYAOOOOOOOOO——.』

포효가 던전의 큰 방을 뒤흔들었고, 미지근한 바람이 내 볼을 어루만졌다.

목이 길고, 몸통은 동그랗고, 꼬리는 짧았다. 그리고 앞뒤에 지느러미 같은 다리가 나 있는 그 용은 분류로 따지면 수장룡이라 할 수 있을 것이다.

부활한 것과 동시에 내지른 포효가 기쁨으로 인한 것일 줄 알았는데 눈앞에 나타난 수장룡의 모습을 보니 아니라는 것을 바로 알 수 있었다.

군데군데 벗겨진 용비늘에 탁하고 한쪽만 있는 눈. 부서진 피부 안에는 뼈가 보였고 썩은 살에서 흘러나온 것은 보라색 체액. 그리고 구멍이 뻥 뚫린 가슴 한가운데에는 몸 안에서 뻗어 나온 관과 이어져 있는 새빨간 [피의 보주].

무엇보다 포효하며 토해낸 미지근한 숨결은 완전한 썩은 내였다.

"아~, 이거 안 되겠네요. 먹을 수가 없어요."

"아니~, 레티? 음식은 썩기 직전이 제일 맛있다고 하는데."

"그럼 벨이 드셔보시겠어요? 뭐, 고기를 드롭하면 말이지만요."

부활 연성진에서 나타난 부패된 용을 느긋하게 올려다보고 있는 레티아와 벨.

"원인이 뭘까? 화석으로 만든 게 잘못인가? 아니면 [세포 배양액]의 양이나 담근 시간이 부족했나? 아니면 [피의 보주]가 핵으로서의 랭크가 너무 낮았나?"

혼자 이렇게 된 원인을 분석하기 시작한 에밀리 양.

그리고 그런 우리를 탁한 한쪽 눈으로 노려보는 용.

『GYAOOOOOOOO——.』

"모두 당장 도망쳐!"

에밀리 양과 다른 사람들은 마기 씨의 목소리를 듣고 재빠르게 뛰어가기 시작했지만, 나는 눈앞에 있는 수장룡형 MOB인 워터 드래곤 좀비를 올려다보며 넋이 나가 있었다.

"윤 군도 얼른 통로로 피해!"

"윽?!"

인벤토리에서 전투 도끼를 꺼내 겨누는 마기 씨가 내 옆에 섰다.

워터 드래곤 좀비는 그런 우리를 보고 목을 크게 부풀린 다음 노란 액체를 주위에 토해냈고, 그것이 나와 마기 씨 머리 위로 쏟아져 내렸다.

"위험할 것 같은 공격이구나! 가라아!"

마기 씨가 들고 있던 전투 도끼를 한 손으로 던지자 원심력으로 인해 세차게 회전하며 워터 드래곤 좀비에게 날아갔다.

하지만 워터 드래곤 좀비가 토해낸 노란 액체에 닿은 순간, 날아가던 마기 씨의 전투 도끼가 슈우욱, 그런 소리와 함께 하얀 연기를 피어올리며 사라졌다.

"마기 씨의 무기가!"

"저런 건 어찌 되든 상관없어! 윤 군! 도망치자!"

나는 마기 씨에게 손을 잡혀 끌려가는 듯이 그 큰 방의 출구로 향했다.

그 직후, 계속 그 자리에 있었다면 우리들이 뒤집어쓰게 되었을 노란 용해액이 내 바로 뒤쪽 바닥에서 튀어 내 장비의 겉옷 옷자락을 녹이고 구멍을 뚫었다.

마기 씨는 더 높게 튄 용해액을 피부가 드러난 허리 근처에 맞았는지 피부가 타오르는 소리와 함께 노르스름한 연기가 피어올랐다.

"끄윽……."

"마기 씨?!"

"괜찮아. 윤 군, 어서 다른 사람들이 있는 곳으로 가자."

마기 씨가 내 손을 잡은 채 뛰어가는 속도를 늦추지 않고 도망친 곳에 있던 통로에는 에밀리 양과 레티아가 걱정스러운 듯이 우리를 기다리고 있었다.

워터 드래곤 좀비는 몸집이 거대하니 좁은 통로까지는 쫓아오지 못할 테고, 무엇보다 방 바깥으로 나간 사람은 공격하지 않는 모양이었다.

"지금 회복시킬게요. ──《하이 힐》."

"고마워. 레티아."

레티아의 회복마법으로 인해 용해액이 스쳐서 깎인 HP가 회복된 마기 씨.

피부가 드러난 곳 말고도 장비 곳곳에 용해액이 튀었는지 구멍이 뚫려 있었다.

"아~, 클로드에게 혼나겠네. 장비가 반쯤 부서지다니."

"저 때문에 마기 씨가……."

워터 드래곤 좀비가 눈앞에 나타나자 멍해져서 마기 씨를 위험에 처하게 만들어버렸다.

하지만 정작 마기 씨는 신경 쓰지 말라는 듯이 손을 흔들었다.

"윤 군, 신경 쓰지 마. 그건 그렇고 윤 군도 그 용해액이 튀었는데, 괜찮아?"

"네. 방어구에 좀 튀긴 했는데요, 이 정도라면 [자동수복]으로 알아서 고쳐질 거예요."

내가 그렇게 대답하자, 다행이라며 방긋 웃는 마기 씨.

"그런데 저건 어떻게 할 거야? 방금 전에는 도망쳤는데. 쓰러뜨릴 거야? 놔둘 거야?"

벨이 딱히 누군가를 지정하지 않고 그렇게 묻자, 에밀리 양이 대답했다.

"한 시간 정도 지나면 알아서 소멸될 테니 일부러 쓰러뜨릴 필요는 없어. 그리고……."

워터 드래곤 좀비가 있는 방을 살짝 들여다보니 언데드임에도 불구하고 [독] 상태이상에 걸려 있었다.

고위 언데드 계열 MOB이 지니고 있는 자동회복 계열 능력을 저 워터 드래곤 좀비도 가지고 있는 모양이었지만, 그럼에도 불구하고 독의 지속 대미지가 약간 더 많았기에 점점 HP가 깎이고 있었다.

"뭐, 그 전에 자멸할 것 같네."

우리가 부활시킨 워터 드래곤 좀비는 시간이 지나서 소멸되거나 그 전에 독의 지속 대미지로 인해 자멸할 거라고 한다.

『KYUOOOON──.』

부활한 직후에 내지른 포효와는 달리 슬픈 듯한 울음소리를 내는 워터 드래곤 좀비.

원래 화석이었는데 우리 쪽 사정으로 인해 되살린 것뿐만이 아니라 언데드로 만들어버렸다고 생각하니 왠지 죄책감이 들었다.

"나는 쓰러뜨리고 싶은데."

"신기하네. 윤 군이 그런 말을 하다니."

"저기…… 뭐, 좀."

내가 방금 전에 생각했던 것이 좀 유치한 것 같아서 말끝을 흐렸다.

그런데 마기 씨도 쓰러뜨리는 것은 찬성인 모양이었다.

"에밀리, 자연적으로 소멸하거나 자멸하면 아이템을 드롭하지 않는 거지?"

"그렇죠. 아이템을 얻으려면 직접 쓰러뜨릴 필요가 있어요. 이번 부활 때 사용한 소재의 손해 분량을 조금이나마 되찾아야겠죠."

그렇게 진지한 표정으로 딱 잘라 말하는 에밀리 양.

"그런데 어떻게 쓰러뜨리죠? 다가가면 또 넓은 범위에 용해액 공격을 날릴 텐데요."

레티아가 묻자 나와 마기 씨, 에밀리 양이 고민했다.

나와 마기 씨를 노린 용해액…… 아마 산성 브레스 같은 그 공격은 비거리가 그렇게 긴 것은 아니지만 광범위하게 퍼지고 바닥에 떨어진 뒤에도 잠시 증발되지 않고 남기 때문에 대미지 판정과 [방어구 파괴] 효과가 남아서 함부로 다가갈 수가 없다.

"이렇게 된 이상 알몸으로 돌격하는 건…… 안 되겠지. 아하하하하……."

벨이 분위기를 살리려고 한 말이었지만 너무 바보 같아서 나도 모르게 쓴웃음을 지어버렸다.

"벨, 재미없어요. 그러니까 벌로 벨이 알몸으로 돌격해주세요."

"레티가 쌀쌀맞게 대해!"

깜짝 놀란 반응을 보이는 벨과는 달리 레티아는 딱히 표정에 변화가 없었기에 진심인지 판단하기가 힘들다.

그렇게 시끄러운 두 사람을 보고 다들 조금이나마 긴장이 풀렸지만 지금은 어떻게 저 워터 드래곤 좀비를 쓰러뜨릴지가 문제다.

"어떻게 쓰러뜨릴까요?"

"윤 군의 뤼이는? 분명 《정화》 스킬을 가지고 있었지? 그걸 날려서 쓰러뜨릴 수 없을까?"

"죄송해요, 마기 씨. 이번에는 두고 왔어요."

소환석으로 되돌려서 데리고 올 걸 그랬다, 그렇게 뒤늦게 후회하는 나를 보고 마기 씨와 에밀리 양이 곤란한 듯한 표정으로 웃었다.

"언데드 계열에게는 화속성하고 광속성 계열 공격이 효과적이지. 뭔가 없어?"

"음~. 제 경우에는 인챈트를 사용해서 무기의 속성을 강화하는 것 정도죠."

"나는 미스릴 은제 무기를 성수로 제련한 것이 있으니까 그걸로 쓰러뜨리거나……. 아, 그리고 대장장이 작업 때 사용하는 기름 계열 아이템이 있으니까 화공도 가능해."

"골치 아픈 건 저 산성 브레스지. 어떻게든 막을 수 없을까? 그러지 못하면 벨을 알몸으로 돌격시킬 때 너무 위험할 거야."

"에밀리도 나를 알몸으로 돌격시킬 생각이었어?!"

레티아와 장난치고 있던 벨이 에밀리 양의 말에 반응했지만, 에밀리 양은 방긋 웃으며 바라보기만 했다.

"냐아! 이렇게 된 이상 해주지! 나도 각오를 할 때는 하니까! 다른 작전은 맡길게!"

자포자기하는 식으로 떠들어대는 벨과는 달리 나와 마기 씨, 에밀리 양은 워터 드래곤 좀비를 쓰러뜨릴 작전을 짜고 바로 준비를 진행했다.

"윤 군, 준비는 다 됐어?"

"네. 이게 마지막이에요. 에밀리 양이 비장의 수를 제공해줬으니까요."

나는 그렇게 말하고 에밀리 양과 협력해서 마기 씨의 투창에 에밀리 양이 제공해준 2등급 [빛의 속성석]을 합성했다.

"──《합성》."

[빛의 속성석]을 무기에 합성함으로 인해 마기 씨가 만든 대 언데드용 미스릴 은제 투창에 [광속성 보너스(대)] 추가효과를 부여할 수 있었다.

"자, 사전 준비는 끝났구나. 작전 개시야! 에밀리! 부탁할게!"

"알겠습니다. 제1진, 가렴. 내 합성 MOB들──《소환》!"

에밀리 양은 핵석을 던전 통로에 뿌려 사람 형태의 합성 MOB을 불러냈다.

"그 항아리를 들고 돌격해!"

불러낸 사람 형태의 MOB은 단순한 명령만 수행할 수 있다. 하지만 지금은 그걸로도 충분하다.

사람 형태의 합성 MOB은 나와 마기 씨가 제공한 [화산지대의 염열유]를 가득 채운 항아리를 떠안고 큰 방 안으로 돌격했다.

그 합성 MOB들을 워터 드래곤 좀비가 산성 브레스 공격으로 쓰러뜨리고, 미처 쓰러뜨리지 못한 합성 MOB은 긴 목을 휘둘러 휩쓰는 듯이 해치웠다.

합성 MOB들이 차례차례 쓰러졌지만, 그 전에 방 안을 뛰어다니며 떠안고 있었던 항아리 안의 기름을 뿌렸고, 그것이 워터 드래곤 좀비의 몸에도 묻었다.

그리고——.

"제2진, 가렴! ——《소환》!"

이번에는 불꽃을 두른 짐승형 합성 MOB을 한 마리 불러낸 에밀리 양이 기름 안으로 뛰어들라는 지시를 내렸다.

1회용 합성 MOB을 사용해 큰 방 안에 기름과 불을 계속 투입했기 때문에 던전의 방이 완전히 불꽃에 휩싸였다.

『GYAAAAAAAAAAA——.』

워터 드래곤 좀비가 절규하는 듯한 표효소리를 들으며 에밀리 양이 마지막 작업을 담담하게 처리해 나갔다.

"제3진, 네가 진짜배기야! ——《소환》!"

『GOOOOOO——.』

에밀리 양이 마지막으로 불러내기 위해 꺼내든 것은 1회용 합성 MOB이 아니라 계속 사용함으로써 성장하는 연금 MOB 골렘의 비석이라는 아이템이었다.

비석 계열 소환 MOB은 비석과 그에 맞는 소재를 마련함으로써 여러 종류의 MOB을 불러낼 수 있다.

이번에 에밀리 양은 대량의 철 주괴를 소재로 삼은 아이언 골렘 세 마리를 불러내 돌격시켰다.

큰 소리를 내며 소용돌이치는 불꽃 속에서 금속 표면이

녹아내리는 대미지를 입으면서도 결코 겁먹지 않고 돌격하는 골렘.

그리고 워터 드래곤 좀비가 있는 곳에 도착한 골렘들은 산성 브레스를 토해내려고 낮게 숙인 워터 드래곤 좀비의 머리 쪽으로 달려들었다.

아이언 골렘 한 마리가 그 입속에 파고들었고, 다른 두 마리가 양쪽에서 머리를 짓누르는 듯이 달라붙은 채 녹기 시작했다.

아이언 골렘들의 녹아내린 쇠 표면이 워터 드래곤 좀비의 머리와 입을 짓누르자 슈우욱, 살이 타는 소리와 하얀 연기가 뿜어져 나왔다.

그리고 녹은 쇠가 워터 드래곤 좀비의 피부에 달라붙어 온도가 내려갔고, 다시 굳음으로써 산성 브레스를 뿜어내는 입이 막혀버렸다.

"고생했어. 돌아오렴——《송환》!"

그렇게 말한 에밀리 양의 손에는 골렘의 비석이 돌아와 있었고, 빈 껍질로 변한 골렘의 녹아내린 쇠만 워터 드래곤 좀비에게 달라붙어 있었다.

"저렇게 공격했는데 아직 HP가 7할이나 남았어? 썩어도 용이라는 거구나. 자, 윤 군! 부탁할게!"

"알겠어요. 《인챈트》—— 어택, 스피드! 《엘레멘트 인챈트》—— 웨폰!"

나는 마기 씨에게 공격과 속도 인챈트를 걸었고, 마기 씨

에게 건넨 투창에는 에미리 양이 제공해준 [빛의 속성석]을
사용했다.

나와 에미리 양이 합성해서 [광속성 보너스(대)] 추가효과
가 걸린 미스릴제 투창에 추가효과를 더 부여할 수는 없다.

하지만 [속성석]을 소비하는 일시적인 강화인 《엘레멘트
인챈트》라면 효과를 중첩해서 걸 수가 있다.

"가라아아아아!"

마기 씨가 던전 통로에서 큰 방을 향해 투창을 있는 힘껏
던졌다.

얼굴에 달라붙은 쇠를 떼어내기 위해 고개를 흔들고 있던
워터 드래곤 좀비의 몸통은 거의 움직이지 않고 있었기에
창던지기의 솜씨가 뛰어난 마기 씨에게는 딱 좋은 표적에
불과했다.

그 몸통을 헤집는 듯이 박힌 대 언데드용 투창은 중첩되
어 걸린 [광속성 보너스]의 매우 큰 대미지로 인해 워터 드
래곤 좀비의 HP를 잔뜩 깎아냈다.

"윤 군! 다음!"

"네! 《엘레멘트 인챈트》── 웨폰!"

비싼 무기와 아이템을 차례차례 1회용 같은 느낌으로 날
리며 워터 드래곤 좀비에게 대미지를 입혀 나가는 마기 씨.

그 연속 공격으로 인해 워터 드래곤 좀비의 긴 목의 살이
파였고, 창이 깊숙이 박힌 몸통에서는 탁한 보라색 체액이
뿜어져 나오고 있었다. 가슴 쪽에 뚫린 구멍에 날아든 창은

관으로 이어져 있던 [피의 보주]에 금을 가게 만든 다음 그대로 뒤쪽으로 뚫고 나가 워터 드래곤 좀비의 꼬리를 던전 바닥에 박아버렸다.

이제 워터 드래곤 좀비는 그 자리에서 움직이지 못하고 목을 흔들며 날뛸 수밖에 없었다.

"다음!"

"[속성석]이 다 떨어져서 다음부터는 대미지가 낮아질 거예요!"

에밀리 양이 모아두었던 2등급 [빛의 속성석]이 결국 바닥나버렸다.

[속성석]이 없으면 《엘레멘트 인챈트》를 걸 수 없지만, 이번에는 광속성 대미지를 추가시켜주는 마법약을 쓰기로 했다.

사용할 마법약은──.

마법약 : 섬광액(플래시 리퀴드)
광속성 대미지(소) 추가효과 : 혼란2

나는 천에 마법약을 적셔서 투창에 닦아 일시적인 강화효과를 부여했다.

아이템인 [속성 연고]가 방어 계열 《엘레멘트 인챈트》와 마찬가지로 방어력을 강화시키는 데 써먹을 수 있는 것처럼 공격 계열 《엘레멘트 인챈트》 대신 광속성 대미지를 부여하는 마법약을 쓸 수 있는 것이다.

그 이후로 마기 씨의 투창 공격은 척 보기에도 속성석을 사용했었을 때보다 대미지가 줄어들긴 했지만, 착실하게 워터 드래곤 좀비의 HP를 깎아냈고, 모든 무기를 다 던졌을 무렵에는 남은 HP가 2할도 되지 않았다.

처음에 뿌렸던 기름도 다 타서 큰 방 안에는 희미한 불똥과 열기가 남아 있을 뿐이었다.

"나는 이제 공격할 수단이 없어. 레티아하고 벨 쪽 준비는?"

"완벽해요."

"이렇게 된 이상 될 대로 되라~."

자신만만한 표정으로 엄지손가락을 치켜세우는 레티아와는 달리 약간 원망스러운 목소리로 말하는 벨.

"라기, 부탁할게요."

레티아가 소환한 라나 버그 키사라기에게 지시를 내리자, 라나 버그가 입에서 실을 토해내 통로에 거미집처럼 실을 둘렀다.

"자, 자기가 한 말을 실행하세요. 벨!"

"간다! 야아아아앗!"

고양이 글러브를 끼고 오른손에 쇠지레를 든 벨이 그 거미집을 향해 뛰어가기 시작했다. 알몸은⋯⋯ 역시 아니었다.

"《인챈트》── 어택, 스피드!"

그런 벨에게 내가 공격과 속도 인챈트를 걸어 속도를 한 단계 올려주자 벨은 그대로 거미집 중심으로 뛰어들며 드롭

킥을 날렸다.

벨의 드롭킥으로 인해 크게 늘어난 거미집이 원래대로 돌아오는 반발력으로 인해 벨의 몸을 날렸다.

"냐아아아아앗?! 예상했던 것보다 더 빨라!"

비명을 지르는 것과 동시에 발사되어 인간포탄으로 변한 벨이 공중에서 자세를 잡고는 가속하며 워터 드래곤에게 날아들어 쇠지레를 두 손으로 겨누었다.

"먹어라아아앗——《섬인격》!"

워터 드래곤 좀비의 긴 목에 스쳐지나간 순간, 끄트머리가 눈부시게 빛나는 쇠지레를 힘껏 휘두르자 쇠지레에 맞은 부분의 살이 크게 파여 빛의 입자로 변했다.

휘두른 쇠지레가 마치 짐승의 손톱으로 참격을 날린 것 같은 궤적을 공중에 남기자 그대로 워터 드래곤 좀비의 뒤쪽에 가볍게 착지한 벨.

『KYUOOOOO——.』

그것이 마무리 일격이 되었고, 옆으로 큰 소리를 내며 쓰러진 워터 드래곤 좀비.

그리고 그대로 슬픈 듯한 울음소리를 내며 서서히 빛의 입자로 변한 뒤 사라져버렸다.

"휴우, 생각했던 것보다 뼈아픈 지출이였지만 다치지 않고 쓰러뜨렸구나."

마기 씨가 아직 열기가 남아 있는 던전의 큰 방에 들어가 자신이 던진 창을 회수하기 시작했기에 우리도 돕기로 했다.

"고생해서 그린 부활의 연성진도 기름하고 불꽃 때문에 지워져버렸으니, 회수할 수 있는 게 거의 없네."

"그래. 내 투창도 전부 다 너덜너덜해졌어. 워터 드래곤 좀비의 몸 자체에 닿은 무기를 부식시키는 효과라도 있는 건가?"

닿은 무기나 방어구의 내구도를 깎고 파손시키는 산성 브레스 말고도 몸에 닿기만 해도 같은 효과가 있다면 워터 드래곤 좀비는 골치 아픈 MOB이라고 할 수밖에 없다.

이번에 직접 전투를 거의 벌이지 않았는데도 불구하고 이렇게 많은 아이템을 다시 사용할 수 없게 되었으니 손해가 너무 크다.

"그런 건 미리 말해줘! 내 쇠지레가 너덜너덜해졌잖아!"

인간포탄이 되어 직접 전투를 벌인 벨도 화를 내며 비명을 질렀다.

"신경 쓰지 마세요, 벨. 나중에 푹신푹신하게 해줄 테니까요."

"정말?! 그럼 화 풀래!"

우리는 레티아와 벨의 가벼운 분위기를 보고 쓴웃음을 지은 뒤 전투 뒤처리를 했다.

큰 방 안에는 아직 기름 냄새가 풍겼고, 이곳저곳이 그을렸지만 시간이 지나면 사라질 것이다.

써먹을 수 있는 아이템은 남아 있지 않았고, 마기 씨의 투창도 녹여서 주괴로 되돌릴 수밖에 없는 상황에서 유일하게 기대되는 것은 워터 드래곤 좀비의 드롭 아이템이다.

"적어도 이번 손해를 조금이라도 회수하고 싶은데…… 아니, 안 되겠네."

"나는 [부패룡의 이빨]이야. 푹신푹신하지 않으니까 필요 없어. 누구 필요한 사람 있어? 나중에 줄게~."

씁쓸한 표정으로 메뉴를 띄워 드롭 아이템을 확인한 에밀리 양과 벨은 바로 낙담했다.

두 사람이 얻은 것은 에밀리 양이 [부패룡의 뼈], 벨은 [부패룡의 이빨]이었다.

양쪽 다 보라색으로 변색된 아이템이고, [고대룡] 계열 소재와 비교하면 소재 성능이 좋긴 하지만 진짜 드래곤 소재보다는 성능이 뒤처진다.

그런 소재를 가볍게 넘기려 하는 벨을 보고 마기 씨와 에밀리 양의 시선이 한순간 날카로워졌다.

그리고 마기 씨는——.

"오, [부패룡의 피혁]이라. 이걸로 가죽 방패라도 만들어 볼까? 언데드 계열 소재로 만들면 추가효과로 [속성방어 : 불사]가 붙을지도 모르니까, 나는 꽤 잘 나온 건지도 모르겠네."

"다행이네요."

"뭐, 미스릴제 무기를 대량으로 소비한 것에 비하면 얻은 게 적은 것 같긴 하지만."

마기 씨는 쓴웃음을 지으며 보라색 피혁을 꺼내 소재를

확인했다.

나도 마찬가지로 소재를 확인해보니——.

"어라? 나는 부패룡 계열 소재가 아니야. [수호령의 자수정(㈜)]이라니, 이게 뭐지?"

매직 젬에 사용하는 보석과 마찬가지로 탁구공 크기에 요상한 빛을 내뿜는 자수정이었다.

내가 그것을 꺼낸 순간, 마기 씨와 다른 사람들이 오오오?! 그렇게 소리쳤다.

"윤 군, 그거 언데드 계열 공통 레어 드롭 아이템이야! 잘 됐네!"

"그런가요?"

"강한 언데드 계열 MOB일수록 드롭 확률이 올라가는데, 보통은 극소나 소 사이즈야. 역시 썩어도 용이 드롭한 아이템이구나. 윤 군이 가지고 있는 것 하나를 만들려면 극소 사이즈가 100개는 필요해."

그렇게 말하며 놀라는 마기 씨와 에밀리 양을 보고 나는 좀 당황했다.

"이거 어떻게 하죠?"

그런 레어 아이템을 얻었지만 바로 써먹을 방법이 떠오르지 않았기 때문이다.

"무기나 액세서리 강화 소재로 쓸래?"

마기 씨는 기대에 찬 눈빛으로 나를 바라보았지만…….

"아하하하, 일단 가지고 있을게요."

이 아이템을 써먹을 방법은 우선 제쳐두고 마지막으로 레티아의 드롭 아이템에 대해 물어보니——

"……알이 나왔어요."

그녀가 그렇게 말하고 인벤토리에서 꺼낸 것은 레티아가 두 팔로 떠안을 정도로 큼직하고 푸르스름한 알이었다.

"레티아. 설마 썩은 용의 알을 먹을 셈이야?! 먹으면 안 될 것 같은 색인 알을."

"윤 씨, 윤 씨. 세상에는 피단 같은 음식도 있으니 혹시……."

"윤 씨하고 벨, 둘 다 실례네요. 안 먹어요. 이건 [수룡의 알]이라고요."

레티아가 한 말을 듣고 우리 모두가 한순간 굳었다.

설마 썩은 용의 몸속에 살아 있는 알이 남아 있었다니.

그런 우리의 마음을 들여다보았는지 그 푸르스름한 [수룡의 알]이 고동치는 듯이 일정한 간격으로 깜빡였다.

"아무리 봐도 사역 MOB이 태어나는 알이지."

레티아의 기적이라고도 할 수 있는 운에 놀란 한편, 화석이 되었던 고대룡이 플레이어의 손에 의해 언데드로 되살아난 뒤 사라지면서도 알만은 남겼다는 사실에 드라마틱한 느낌이 들었다.

"알 상태로는 사역 MOB으로서 계약할 수 없어. 그런 아이템을 손에 넣었으니 떨어뜨리지 않게끔 조심하렴, 레티아."

"앗싸~! 또 레티아에게 사역 MOB이 늘었어! 이번에는 드래곤이다아! 어떤 느낌일까? 미끌미끌? 매끈매끈? 꺼끌 꺼끌?"

에밀리와 벨에게 둘러싸인 채 기쁜 듯이 미소 짓는 레티아.

나는 마기 씨와 한 발짝 물러나서 그 광경을 바라보았다.

"이번에는 좀 뜻밖의 전개였는데, 재미있었어? [용의 부활]."

"네. 설마 드래곤 좀비와 싸우게 될 줄은 몰랐지만……."

쓴웃음을 짓고 있던 나는 레티아가 떠안고 있는 용의 알에서 어떤 새끼 동물이 태어날지 벌써부터 기대가 되었다.

"그럼 다음에는 내 [기계장치 마도인형]을 수리하는 걸 도와줬으면 하는데."

"네. 온 힘을 다해 도와드릴게요."

나는 그렇게 말하며 미소를 지었다.

"자, 슬슬 늦은 시간이 되었으니 오늘은 이만 쉬자. 지금은 지쳐서 아무 생각도 하고 싶지 않아."

에밀리 양이 한 말을 듣고 정신이 번쩍 들었다.

어둑어둑한 던전에 있었기에 시간 감각이 둔해져 있었고, 정신을 차리고 보니 시간이 꽤 많이 지난 상황이었기에 우리는 바로 로그아웃하고 해산하기로 했다.

4장   미스릴 합금과 고대유산

 에밀리 양의 [합성] 센스를 이용한 [용의 부활]이 드래곤 좀비의 부활과 토벌로 끝난 뒤——.

 우리는 다시 모이려고 프렌드 통신이나 메시지 등을 주고 받았지만 좀처럼 모두가 모일 시간이 나지 않아 1주일 정도 가 지났다.

 마기 씨는 드래곤 좀비와 전투를 벌였을 때 쓴 아이템을 정리하고 손해를 메꾸기 위해 바쁘게 돈을 벌면서 센스 확 장 퀘스트를 진행하고 있었다.

 레티아와 벨은 아직 부화할 것 같지 않은 [수룡의 알]의 상태를 살펴보면서 라이나와 알 같은 후배 플레이어들과 교 류하고 있는 모양이었다.

 그리고 현실에서 학교 같은 반 친구인 에밀리 양은——.

 "엔도 양, 그 뒤로는 어때?"

 "응? 그래. [용의 부활]에 투자한 만큼 이익을 회수하지 못해서 지금은 돈을 벌고 있어. 그 던전에서 자폭으로 잃은 합성 MOB만큼 전력을 보충해야 하니까."

 지금은 나와 교실에서 점심을 먹고 있었다.

 둘 다 OSO 플레이어라는 것을 알게 된 뒤로는 이렇게 가 끔 같이 점심을 먹곤 한다.

그리고——.

"미안. 매점에 사람이 많더라고."

"타쿠미, 늦길래 먼저 먹고 있었어."

나와 엔도 양은 집에서 도시락을 싸왔고, 타쿠미는 매점에서 야채빵하고 음료수를 사 와서 먹고 있다.

저것만 먹으면 영양소가 부족할 텐데, 마음속으로 그렇게 생각하고 있자니 타쿠미가 우리에게 말을 꺼냈다.

"그런데 방금 무슨 이야기를 하고 있었어?"

"합성 MOB 전력을 생각보다 많이 잃어서 그걸 보충하느라 바쁘다고. 너희 두 사람은 뭔가 특이한 일 없었어?"

"딱히 없네. 새해 업데이트 이후로 추가된 전투 계열 퀘스트를 소화하거나 신규로 추가된 소규모 던전을 클리어한 정도야. 그러고 보니 신규로 추가된 MOB 드롭 아이템을 몇 종류 확보했는데."

이렇게 두 사람과 점심을 함께 먹을 때는 주로 OSO의 정보교환을 한다.

"나는 딱히 이렇다 할 게 없네. 마기 씨를 도와서 [기계장치 마도인형] 파츠를 모으기 위해서 [잡동사니]를 찾고 있는 정도?"

"슌, 그 [기계장치 마도인형]이라는 건 뭐야?"

"인형 타입 아이템이고 수리하면 움직이는…… 모양이야."

나는 채굴 포인트에서 나온 [잡동사니]를 감정하다가 그 인형 타입 아이템의 파츠 일부를 찾아낸 것과 그것에 흥미를 보인 마기 씨가 골동품 상점을 돌아다니며 파츠 몇 개를 더 찾아냈다는 것, 그리고 그 파츠의 상태에 대한 이야기 등 지금 알고 있는 사실을 말해주었다.

"——그렇게 된 거지."

"그래서 슌 군은 [잡동사니]를 얼마나 모았어?"

"노점의 헐값 상품하고 채굴을 통해 지금 70개 정도. 나중에 한꺼번에 감정해야지."

"그럼 나한테 연락해. 감정해줄게."

그렇게 말하고 안경 너머로 즐거운 듯이 눈을 가늘게 뜬 엔도 양을 보자 나도 자연스럽게 표정이 부드러워졌다.

"아, 그러고 보니 [세포 배양액]의 파생 레시피로 만들 수 있는 [식물 영양제]를 만드는 법도 금방 조사가 끝날 테니, 영양제를 만들게 되면 엔도 양에게도 나눠줄게."

"기대할게."

그런 느낌으로 점심시간을 지낸 다음 엔도 양은 손을 흔들며 오후 수업 준비를 하기 위해 자신의 자리로 돌아갔다.

그렇게 학교에서는 가끔 타쿠미, 엔도 양과 정보를 교환하고, 집에서는 저녁 때 여동생인 미우와 OSO 이야기를 하며 지냈다.

그런 어느 휴일——.

"음~."

"왜 그래? 오빠."

"미우."

아침 식사 때 내가 굳은 표정을 지으며 끙끙대자, 걱정스러운 듯이 물어보는 미우.

"어디 아픈 데라도 있어?"

"아니, 그게 아니라 OSO에서 좀 다루기 곤란한 아이템을 얻어서."

"뭔데뭔데?! 레어 아이템이야?!"

"뭐, 레어하다고 할 수 있으려나?"

에밀리 양의 센스를 사용한 [용의 부활] 부분을 약간 얼버무리면서 드래곤 좀비와 싸웠다는 것과 그로 인해 얻은 아이템을 어떻게 할지 미우에게 이야기했다.

사실 내가 얻은 [수호령의 자수정(중)] 말고도 벨이 얻은 드롭 아이템인 [부패룡의 이빨]을 그날 헤어질 때 억지로 떠맡게 되었던 것이다.

마기 씨와 에밀리 양이 둘 다 [부패룡의 이빨]을 가지고 싶어서 그런지 눈빛이 무서워서 대신 내게 넘기겠다고 했다.

벨은 내 마음대로 써도 된다고 하면서 갔고, 그 결과 내게는 [수호령의 자수정(중)]과 [부패룡의 이빨]이 남았다.

"드래곤 좀비라니, 어디서 싸웠어?! 언제 싸웠어?! 나도 싸우고 싶어!"

"그렇게 간단히 싸울 수도 없고, 센스나 아이템을 준비할 필요가 있어. 그리고 무기나 방어구가 드래곤 좀비가 토해내는 산성 브레스나 드래곤 좀비 몸 자체가 지니고 있는 것 같은 부식 효과 때문에 너덜너덜해진다고."

"어~? 그래도 레어 아이템이나 희귀한 소재를 가지고 싶은데."

"싸울 거라면 무기나 방어구에 부식 대책을 제대로 세울 필요가 있을 거야."

애초에 합성 센스로 실행하는 [용의 부활]이 실패하지 않는다면 드래곤 좀비를 만날 수 없겠지만, 일단 주의를 주었다.

내가 생각한 대책은 무기를 여러 개 준비해두거나, 무기와 방어구에 그랜드 록의 외각에서 채굴할 수 있는 강화소재인 [육황귀의 등껍데기 조각]의 추가효과 [내구력 향상]이나 골렘의 레어 드롭 아이템인 [지정령의 돌]의 추가효과 [자동수복]을 달아두는 정도다.

그런 생각을 하면서 아침 식사를 하다 보니 눈앞에 있던 미우가 의욕에 불타오르고 있었다.

"오빠, 난 반드시 드래곤 좀비와 싸워볼 거야! 좋았어~, 그러기 위해서 우선 [화석] 아이템을 모아서 [고대룡] 시리즈 소재를 찾아야지~!"

"뭐, 열심히 해."

나와 마기 씨가 모은 분량을 합쳐서 수백 개나 되는 화석을 감정했는데도 불구하고 겨우 세 개밖에 나오지 않은 아이템이다.

그렇게 쉽게 모을 수 있을 것 같지는 않다.

"앗, 그렇지. 미우, [잡동사니] 계열 아이템을 발견하면

[아트리엘]로 가져다줄래?"

"응? 화석뿐만이 아니라 잡동사니에도 강한 적하고 싸울 수 있는 아이템이 있어?!"

내가 한 말을 듣고 눈을 반짝이며 물어보는 미우에게 일단 아니라고 말했다.

"그건 모르겠지만 [기계장치 마도인형]의 파츠를 마기 씨가 가지고 싶어 하거든. 그러니까 여유가 있으면 잡동사니를 모아줄래?"

"오빠, [기계장치 마도인형]이라는 게 뭐야?"

"아~, [기계장치 마도인형]이란 건 인형 타입 아이템이고, 수리하면 움직이는 모양이야."

타쿠미와 엔도 양에게 말했던 것과 똑같이 설명했는데, 미우의 반응은 그리 신통치 않았다.

"흠~. 그거 강해?"

"아니, 그건 모르겠는데……"

"뭐, [고대룡] 소재를 찾는 김에 찾아보긴 할 건데, 너무 기대하지는 마."

"그래, 부탁할게."

"자, 아침밥도 먹었으니 정보를 조사하고 나서 로그인하자!"

"숙제하는 것도 잊지 마라~."

지금은 1월 하순에 접어드는 시기다.

이제 미우도 곧 고등학교에 진학하는데 저렇게 덤벙거려도 괜찮을까? 나는 그렇게 생각하며 집안일을 열심히 했다.

설거지, 청소, 빨래, 집에 있는 식재료를 확인하고 점심 식사 준비.

그리고 내가 로그인한 것은 오후 2시가 넘어서였다.

로그인 지점으로 설정한 [아트리엘] 공방으로 나온 나는 메뉴를 띄우고 에밀리 양과 다른 사람들에게 메시지가 왔는지 확인했다.

"자, 마기 씨하고 다른 사람들은…… 오늘도 안 되려나."

오늘도 모두가 모일 시간은 안 맞는 것 같지만 내가 마기 씨와 다른 사람들을 개별적으로 찾아가는 것은 문제가 없을 것 같았기에 상황을 보러 가겠다고 메시지로 전했다.

"나가기 전에 밭 관리 상황부터 볼까? 쿄코 씨, 안내해줄래?"

"네. 알겠어요."

나는 쿄코 씨를 따라가서 관리를 맡겼던 실험용 밭 앞에 도착했다.

전부 약초를 재배한 밭이고 각각 조건을 다르게 만든 [식물 영양제]의 효과를 시험하는 것이 목적이다.

하나는 물만 주고 아무것도 사용하지 않은 밭.

하나는 [중급 비료]만 준 밭.

하나는 [식물 영양제]만 준 밭.

하나는 [중급 비료]와 [식물 영양제]를 둘 다 쓴 밭.

이 네 가지 패턴을 실험하고 있다.

사실 저저번에 비슷한 실험을 하긴 했는데, [식물 영양제]

를 원액 그대로 사용했더니 약초가 너무 빠르게 자라나 눈 깜짝할 새에 말라죽는 사태가 발생했다.

저저번 실험의 반성을 살려서 저번엔 [중급 비료]를 쓰지 않고 [식물 영양제]만 써서 적당한 희석 농도를 알아냈기에 이번에 겨우 [식물 영양제]의 정확한 효과실험을 할 수 있 게 되었다.

참고로 적당한 희석 농도는 1~5퍼센트, 그 이상은 영양 과잉상태가 되는 모양이니 꽤 강렬한 약이라 할 수 있다.

그리고 이 [식물 영양제] 통을 하나 마련해두면 얼마 동안 은 모든 밭에 쓸 수 있다.

그리고 이번 실험 결과는──.

"그냥 물만 준 밭은 일반적인 약초만 자라났지만 [중급 비 료]와 [식물 영양제]를 각각 한 가지만 준 밭에서는 질이 좋 은 약초가, 양쪽 다 준 밭에서는 질이 가장 좋은 약초가 자 라났어요! 윤 씨! 대단하네요!"

그렇게 말하면서 기쁜 듯이 약초를 따는 쿄코 씨를 보고 나는 만족스럽게 고개를 끄덕였다.

"좋았어, 실험 성공이구나. 그럼 앞으로 밭에 물을 줄 때 [식물 영양제] 희석액도 같이 써주겠어?"

"네, 알겠습니다. 상위 약초의 변화 같은 건 수시로 보고 할게요."

"응, 부탁할게. 그리고 최근에 [냉기 대미지]가 완화되었 으니까 조금씩 이쪽 밭에도 상태이상 회복 계열 약초를 다시 심기 시작할까?"

코코 씨가 내 지시를 듣고 고개를 끄덕이다가 문득 뭔가 신경 쓰이는 게 있는지 물어보았다.

"그런데 모처럼 추위 대책으로 유리 하우스를 들였는데 좀 아깝네요."

"뭐, 그쪽은 다른 재배 실험에 쓰고 있으니까 신경 안 써도 돼."

나는 쓴웃음을 지었다.

크리스마스 이벤트 때 모은 퀘스트 칩으로 교환해서 얻은 아이템인 [인스턴트 하우스]를 써서 만든 유리 하우스는 애초에 [냉기 대미지]에 약한 약초에 쓰려고 들였지만 지금은 사용하는 방법이 좀 달라져버렸다.

버섯 재배를 할 수 있는 아이템인 [펑거스 로그]로 회복 계열 환약에 사용할 수 있는 치유버섯을 늘리거나 저번에 에밀리 양이 화석 감정을 해줬을 때 나온 식물의 씨앗을 재배통으로 키우는 실험 같은 것을 하고 있다.

앞으로는 유용한 약초의 씨앗이 모이면 밭에서 재배하고 예쁜 꽃 같은 것은 유리 하우스 안에서 재배해서 농장처럼 만들 예정이다.

"그러고 보니 코코 씨. 다른 실험 쪽은 어떻게 되었어?"

"그쪽도 순조로워요. 수확량이 약 두 배로 늘었네요."

"그거 다행이네."

다른 실험이란 [세포 배양액]의 파생 레시피 중 하나인 [균류 영양제]였다.

끓여서 더 끈적거리는 젤 형태가 된 [균류 영양제]를 버섯 재배 아이템인 [펑거스 로그]에 슬로 바른 다음, 톱밥과 균사, [균류 영양제]를 섞어 병에 담은 뒤 암실에 두니 버섯 계열 아이템을 재배하는 게 편해졌다.

"뭐, 주로 치유버섯을 정기적으로 얻는 목적으로 쓰는 정도겠지만."

치유버섯은 회복 계열 조합 소재지만, 일반적인 식재료 계열 아이템인 표고버섯, 송이버섯, 잎새버섯을 재배할 때도 쓸 수 있다.

앞으로 조합할 때 쓸 수 있는 버섯이 늘어나면 [균류 영양제]가 활약할 기회가 많겠지만, 지금은 아직 버섯 재배 시설을 준비하고 노하우를 구축하는 단계다.

"그럼, 쿄코 씨. 나는 좀 나갔다 올게."

"네, 윤 씨. 다녀오세요."

나는 [아트리엘]의 관리 상황을 확인한 다음 뤼이와 자쿠로를 데리고 제1마을을 산책하러 나갔다.

노점에서 뭔가 재미있는 것이 없을까 생각하며 찾아보다가 [잡동사니] 계열 아이템을 발견해서 사들이고, 노점의 음식을 사서 뤼이, 자쿠로와 함께 먹으면서 걸어갔다.

그리고 바로 레티아의 길드, [신록의 바람]의 홈으로 갔다.

2층 단독 주택 형태인 길드 홈의 현관 앞에 있던 알과 만나 잠깐 이야기를 나누었다.

"앗, 윤 씨! 오랜만이네요!"

"알. 요즘은 어때?"

"네! 벨 씨네 길드 멤버 분들하고 파티를 짜서 더 효율적으로 레벨을 올릴 수 있게 되었어요."

알은 항상 쌍둥이 누나인 라이나에게 쩔쩔매는 인상이 강했지만, 라이나가 없는 지금은 매우 평범하고 씩씩한 남자애였다.

"레티아 있어?"

"네. 벨 씨도 같이 있어요. [수룡의 알]을 얻고 난 뒤로부터 로그인해 있는 동안에는 그것을 부화시키기 위해서 거의 대부분 끌어안고 지내는데요."

"그렇구나. 뭔가 곤란한 일은 없고?"

"딱히 없어요. 프란 씨하고 유카리 씨가…… 앗, 벨 씨네 길드 [푹신동물 동호회] 길드 멤버분인데요. 그분들하고 파티를 짜게 된 뒤로는 라이가 무리하는 경우도 줄어들었어요."

기쁜 듯이 그렇게 말하는 알의 표정을 보고 나도 다행이라는 생각이 들어서 표정이 부드러워졌다.

"그리고 레티아 씨하고 벨 씨, 그리고 [OSO 어업조합] 분들께서 인술해주셔서 레벨이 높은 에리어에도 도전하고 있어요. 그런데——."

알이 좀 곤란한 듯한 표정을 짓자 뭔가 문제가 생겼나 싶어서 걱정이 들었다.

"──제 주위에는 여자분들이 많으니까, 저기…… 남자 플레이어들이 질투한다고 해야 하나, 시샘한다고 해야 하나."

"그렇다면……."

"네. 방금 말씀 드린 프란 씨하고 유카리 씨는 두 분 다 여자예요."

"아~."

이른바 하렘 파티 상태라는 거구나. [OSO 어업조합]에는 남자 플레이어도 있는데…… 아니, 대부분이 남자지만 그곳하고 그리 밀접하게 관계를 맺고 있는 건 아닌 모양이니 실질적으로 여자들에게 둘러싸여 있는 듯한 상황이다.

"뭐, 그래. 힘내."

"아, 죄송합니다. 윤 씨 같은 여자분에게 푸념할 일이 아니었네요. 지금 레티아 씨가 있는 곳으로 안내해 드릴게요."

"그러니까 나는 남자라고──, 듣지도 않네."

빠르게 걸어가는 알의 뒤에서 말을 걸었지만 못 들은 모양이었다.

나는 알을 따라나서서 길드 홈 건물에 딸려 있는 마굿간 쪽으로 향했다.

마굿간에는 건초로 만든 소파와 나무 상자에 나무판자를 얹기만 한 간이 테이블이 있었고, 소파 가운데에는 푸르스름한 [수룡의 알]을 껴안고 몸을 이리저리 흔들고 있는 레티아가 있었다.

벨은 그런 레티아를 방긋방긋 미소를 지은 채 바라보면서 레티아의 사역 MOB들에게 브러싱이나 마사지 같은 것을 해주는 등, 열심히 돌봐주고 있었다.

"레티아 씨, 벨 씨. 윤 씨가 오셨어요."

"아~, 윤 씨. 오랜만, 인가요?"

"프렌드 통신 같은 걸로 이야기를 좀 했으니 그리 오랜만이라는 느낌은 아니지."

두 사람이 인사하는 것을 보고 나는 쓴웃음을 지으며 서로 상황에 대해 보고를 주고받았다.

프렌드 통신과 메시지만으로는 알 수 없는 것이 꽤 있었다.

"두 사람은 그 이후로 길드 활동 쪽에 주력했던 거야?"

"네. 뭐, 거의 평소 때와 마찬가지였지만요. [수룡의 알]을 순조롭게 부화시키기 위해서는 조금이라도 오래 인벤토리 바깥으로 꺼내둘 필요가 있지만, 꺼내둔 채로 사냥을 하러 가는 건 위험하니까요."

"그래서 레티는 여기서 느긋하게 알을 부화시키는데 전념하라고 하고 라이나와 알의 레벨을 올리는 건 나하고 시치후쿠 씨네 멤버들에게 도와달라고 했지."

과보호하는 것 같은 벨을 보고 쓴웃음을 지은 내게 레티아가 알을 들어 올려서 보여주었다.

푸르스름한 그 알은 예전보다 짧은 간격으로 깜빡이고 있었다.

"부화할 때까지 얼마 안 남았어요."

"그래?"

"왠지 알 수 있거든요. [조교] 센스의 보정일까요?"

어떤 새끼용이 태어나게 되는 걸까. 벌써부터 기대된다.

"그럼 알이 부화될 때까지는 마기 씨의 [기계장치 마도인형] 쪽은 도와줄 수 없겠네?"

"아뇨, 그렇지는 않아요. 인벤토리 안에 넣어두는 동안 부화할 때까지 남은 시간이 멈출 뿐이니 필요할 때는 불러주세요."

"오히려 바쁜 건 나지. 센스 확장 퀘스트나 새해 업데이트로 추가된 퀘스트를 받았고, 에밀리 씨하고 같이 잡동사니 발굴작업까지 하러 나가고 있으니 너무 바빠서 정신이 없어~."

그렇게 말하고 손짓발짓을 하며 바쁘다는 것을 전하려 하는 벨을 보니 나도 모르게 웃음이 나왔다.

"힘든 모양인데, 너무 무리하지는 마."

"흑흑, 윤 씨의 자상함이 뼈에 사무치네."

그렇게 말하고 우는 시늉을 하는 벨.

"뭐, 너무 신경 안 써도 돼. 아직 마기 씨의 [기계장치 마도인형]을 수리하는데 필요한 파츠가 전부 모이지 않았으니까."

"알았어. 이쪽에서도 파츠를 찾아볼게! 그리고 도움이 필요하면 꼭 연락해! 달려갈 테니까!"

고양이 글러브를 끼고 부드러워 보이는 주먹을 꾹꾹 쥐

는 벨을 보고 나는 훈훈한 느낌이라 생각하며 고개를 끄덕였다.

"그럼 나는 슬슬 다음에 방문할 곳으로 갈게."

"아~, 그러고 보니."

"응? 레티아, 또 뭐 있어?"

내가 일어서자 뭔가 생각났다는 듯이 말을 꺼낸 레티아를 돌아보고 물었다.

"윤 씨, 과자 주세요. 맛있는 걸 먹고 싶어요."

꼬르륵, 그렇게 평소 때와 마찬가지로 배에서 귀여운 소리를 내는 레티아를 보고 나는 쓴웃음을 짓고 나서 간이 테이블 위에 인벤토리 안에 있던 음식을 몇 가지 꺼내 놓은 다음 길드 [신록의 바람]의 홈을 떠났다.

●

그 뒤로 찾아온 곳은 양쪽에 있는 건물이 다가오는 것 같은 착각이 들 정도로 좁은 뒷골목에 있는 에밀리 양의 상점, [소재상]이었다.

이쪽도 미리 방문하겠다고 연락해두었기에 가게 문을 노크하고 안으로 들어갔다.

"에밀리 양, 안녕."

"윤 군, 어서 와."

내가 가게 안으로 들어가자, [연금] 센스 전용 설비인 [분해로]와 [연금솥] 앞에 서 있던 에밀리 양이 나를 돌아보고 곤란한 듯한 미소를 짓고 있었다.

"에밀리 양, 뭔가 문제라도 있었어?"

걱정이 되어 묻자 에밀리 양은 말할까 말까 고민하는 모양이었기에 나는 우선 [연금] 설비를 둘러보았다.

그러자 [분해로]에 파이프로 연결되어 있던 에센스 탱크가 거의 다 비어 있다는 것을 깨달았다.

"에밀리 양, [연금]에 사용할 에센스가 부족해?"

"맞아. 에센스 추출용 아이템을 모을 시간이 없어서."

그렇게 말하며 쓴웃음을 짓는 에밀리 양.

최근에는 [소재상] 업무를 하는 짬짬이 벨과 함께 광석을 채굴하거나 [잡동사니]를 채굴하러 나가고 있는 모양이니 시간이 부족했는지도 모르겠다.

"뭐, 당장 필요한 건 아니니까 노점에서 헐값으로 파는 아이템을 사서 보충해도 되지만 말이야."

그러니까 문제라고 할 정도는 아니야, 그런 식으로 대답하는 에밀리 양.

나는 예전부터 이곳에서 해보고 싶은 것이 있었기에 에밀리 양에게 제안해보았다.

"에밀리 양, 지금 [분해로]하고 [연금솥]을 써도 돼?"

"에센스가 없어서 작업을 할 수가 없으니 괜찮아."

"좋았어! 소재나 아이템 같은 건 내가 제공할게."

"좋아. 조금이나마 에센스를 보충해준다면 상관없어. 그

동안 [화석]이나 [잡동사니]를 감정해둘게. 가지고 왔지?"

에밀리 양이 고개를 갸웃거리면서 물었기에 나는 솔직하게 고개를 끄덕였고, 이번 1주일 동안 모은 잡동사니 계열 아이템을 인벤토리에서 꺼냈다.

"꽤 많이 모았구나."

"뭐, 그럭저럭. 마기 씨의 [기계장치 마도인형] 파츠 중에서 부족한 게 나오면 좋겠다 싶어서."

나는 에밀리 양에게 대답하면서 [분해로]의 투입구를 통해 안을 들여다보았다.

여기로 아이템을 넣어서 여섯 가지 속성의 에센스를 추출하는 거구나.

나는 다음에 [아트리엘]에도 [분해로]를 도입하게 될지도 모르겠다는 생각을 하면서 평소에 사용하는 아이템을 넣어 에센스 추출량을 대충 조사해나갔다.

"약초 하나당 풍속성, 광속성이 각각 3 에센스. 포션 하나당 수속성, 풍속성, 광속성이 각각 10 에센스……."

"윤 군, 일일이 조사해보지 않아도 이미 내가 데이터를 뽑아두었어. 필요하다면 내가 만든 에센스 추출표를 빌려줄게."

"아, 그렇구나. 에밀리 양, 고마워."

나는 뒤늦게 그 사실을 깨닫고 웃으면서 얼버무린 다음 데이터 리스트를 보여달라고 했다.

금속제 아이템에서는 토속성과 화속성 에센스가 많이 추

출되고, 밤에 나타나는 MOB이 드롭하는 소재에서는 암속성 에센스가 많이 추출된다는 데이터까지 있었다.

그리고 포션은 회복계열의 경우 광속성 에센스가 많이 추출되고, 독약 같은 상태이상 계열은 암속성 에센스가 많다고 한다. 그밖에도 환약 등의 고체 타입은 토속성 에센스가 많이 추출되는 등, 소재의 원래 성질에 기반하여 추출되는 에센스의 종류와 양을 대충 짐작할 수 있었다.

"다음에는 [연금솥]에 이 돌을 20개, 이 에센스를 200 넣으면……."

나는 인챈트 스톤을 만들 때 자주 쓰는 연마되지 않은 돌을 [연금솥]에 넣고 풍속성 에센스를 200 넣었다.

그런 다음 솥뚜껑을 닫고 증기가 뿜어져 나오는 것과 동시에 자동으로 뚜껑이 열리자 그 안에는 5등급 풍속성 [속성석]이 20개 만들어져 있었다.

"5등급 [속성석]을 만드는데 해당 속성 에센스가 10 필요하지. 그리고——《상위변환》!"

5등급 [속성석] 10개에 [연금] 센스 상위변환을 함으로써 4등급 [속성석]으로 만들 수 있다.

저급 속성석을 만드는 건 꽤 간단하지만, 에밀리 양이 저번에 제공해줬던 2등급 속성석은 지금 가지고 있는 4등급 속성석 100개 분량이라는 것을 감안하면 사전 준비가 꽤 힘들 것 같다.

"대충 흐름은 알겠네. 이제 좀 부족한 [속성석]을 보충하고……."

에밀리 양의 에센스 추출표를 보면서 [속성석]을 조금씩 갖추어나갔다.

에밀리 양이 파는 [속성석]은 기본적으로 5등급이나 4등급이 많기 때문에 이렇게 스스로 에센스를 추출할 수 있게 되면 지금까지 얼마 없었던 3등급 이상의 [속성석]도 갖출 수 있게 된다.

그리고——.

"이제 됐어. 에밀리 양, [분해로]하고 [연금솥]을 쓰게 해 줘서 고마워."

"괜찮아. 지금은 안 쓰고 있으니까."

그렇게 말하면서 차를 내주고 의자에 앉아 미소를 지은 에밀리 양 근처에 나도 앉아 차를 마셨다.

"어땠어?"

"이번에는 [속성석]만 만들었지만 여러 가지 소재를 변화시켜보고 싶은 생각이 들었어."

"후후, 나도 그랬어. 하지만 저번에도 말했듯이 에센스의 저장용량이 적으니까 할 수 있는 범위가 정해져 있다는 게 고민이지."

그렇게 말하고 곤란하다는 듯이 한숨을 쉬는 에밀리 양 앞에 인벤토리에서 녹색 액체 아이템을 꺼내 놓았다.

"자. 에밀리 양이 저번에 달라고 했던 [식물 영양제]야. 이걸 보고 기운 내. 사용 방법도 설명해줄까?"

"고마워, 윤 군. 설명도 부탁할게."

그렇게 말하고 미소를 지은 에밀리 양이 작은 병에 든 [식물 영양제]를 받아들고 하늘하늘 다가온 도등화 관리 담당 물의 요정 MOB에게 건네자 물의 요정이 그것을 두 손으로 껴안아서 옮겨갔다.

나는 차를 마시면서 에밀리 양에게 희석할 농도와 사용 방법에 대해 설명했다.

"또 필요해지면 [아트리엘]로 와. 통에 잔뜩 만들어놓았으니 나누어줄게."

"그때는 돈을 주고 살 거야."

나는 느긋하게 이야기하며 차를 다 마신 뒤 기지개를 켜고 일어나서 에밀리 양이 감정을 마친 [잡동사니]를 회수하고 [분해로] 쪽으로 돌아섰다.

"자, [연금솥]을 쓰게 해줬으니 그 보답으로 에센스 탱크를 채워둘까? 추출표에 나와 있지 않은 아이템을 [분해로]에 넣고 마기 씨에게 가볼게."

"고마워. 하지만 괜찮겠어? 레어 아이템 같은 게 섞여 있지 않아?"

"괜찮아. 남은 아이템이나 불량 재고 아이템이니까."

나는 손을 저으면서 신경 쓰지 말라고 한 다음 분해로에 넣은 아이템과 그로 인해 추출된 에센스의 양을 메모지에 적어나갔다.

그리고 제충향과 귀인의 묘약환, 성산의 마법약, 옐로우 포션 등, 에밀리 양의 에센스 추출표에 적혀 있지 않은 아이템을 전부 다 분해로에 넣기 시작했다.

역시 회복 계열 아이템은 광속성과 풍속성 에센스가 풍부하고, 액체 계열 포션은 수속성 에센스가 많이 담겨 있다.

그리고 생산 아이템은 소재 아이템을 그대로 넣는 것보다는 생산 아이템으로 만들어서 넣는 편이 에센스를 약간 더 많이 얻을 수 있다는 느낌이다.

그렇게 팍팍 넣다 보니 광속성과 풍속성 에센스가 많아져서 탱크에 모인 에센스의 균형이 치우친 것 같다고 느낀 나는 문득 이 아이템이라면 부족한 속성의 에센스를 보충시킬 수 있을 것 같다는 생각이 들었다.

각 속성의 마법약이다.

예를 들면 화속성 대미지 포션과 무기에 속성 대미지를 부여하는 효과를 지닌 아이템이라든가.

나는 시험삼아 가장 부족한 암속성 에센스를 보충하기 위해 암속성 마법약인 소암액(블라인드 리퀴드)을 [분해로]에 투입했다.

"오, 오옷, 오오?!"

"윤 군, 왜 그래…… 아니, 뭔가 엄청난 양이 나왔네."

[분해로]에서 추출된 암속성 에센스가 세차게 관 안을 타고 흘러가 탱크에 듬뿍 담겼다.

급하게 눈금의 양을 확인해보니 하나만 추출했을 뿐인데 에센스를 약 500이나 보충할 수 있었다.

"오오! 대단하네! 소재를 그냥 분해하면 에센스가 100도 안 될 텐데. 앗, 그런데 암속성 에센스만 나오는구나."

"그래도 충분히 대단한 거야! 마법약 하나당 탱크 절반을 채울 수 있으니까!"

"그럼 하나 더 넣어서 탱크를 가득 채워버릴게."

나는 시원스럽게 소암액을 하나 더 넣었고, 그것 말고도 화속성인 가열액(히팅 리퀴드), 수속성인 냉각액(콜드 리퀴드), 토속성인 경화액(하드 리퀴드) 등의 포션 타입 마법약을 넣어 탱크를 거의 가득 채워나갔다.

"오~, 탱크가 전부 다 가득 차니까 예쁘네."

여섯 가지 색으로 희미하게 빛나는 액체 탱크가 늘어서 어둑어둑했던 [소재상] 공방 안이 신비한 분위기로 변했다.

"윤 군, 너무 많잖아."

설마 탱크를 전부 다 채워줄 줄은 몰랐던 에밀리 양이 쓴웃음을 짓고 있었다.

"하지만 말이야. 마법약이 에센스 외부 보급 요소로 유용하구나. 윤 군, 남아 있는 걸 줄 수 있어? 우선 이 정도면 될까?"

그렇게 말하고 짤랑거리는 소리를 내며 돈이 든 가죽 주머니 세 개를 인벤토리에서 꺼내는 에밀리 양.

주머니 하나에 50만 G가 들어 있었기에 전부 합쳐서 150만 G라는 큰돈을 본 나는 한순간 말문이 막혔지만 바로 거절했다.

"아니아니, 그렇게 많이는 필요 없어! 그리고 가지고 있는 게 몇 개 안 되니까 가격이 안 맞아."

지금 가지고 있는 것은 방금 쓴 포션 타입과는 다른 분말 타입 마법약이다.

이쪽은 포션 타입과 비교하면 무기에 속성 대미지를 부여하긴 힘들지만 바람이나 마법이 폭발할 때 맞춰서 주위에 뿌리는 식으로 대미지를 입히기 쉬운 아이템이다.

나는 그것을 인벤토리에서 스무 개 꺼낸 다음 테이블 위에 놓았고, 그 대신 가죽 주머니에서 20만 G를 챙겼다.

"이 정도면 되겠지? 이쪽은 효과가 별로 강하지 않아서 만족스러운 결과물은 아니니까."

"나는 에센스를 급하게 보급할 때 쓸 거라서 품질이 안 좋아도 상관없으니 양산해줬으면 하는데……."

"에밀리 양. 그건 내 생산직으로서의 자존심이 용납 못해. 그래도…… 지금 마기 씨와 함께 만들고 있는 생산직의 괴짜 아이템 레시피 책에 그 레시피를 넣을 테니까 조금만 기다려줄래?"

그렇게 하면 반쯤 흥미로 마법약을 만드는 생산직과 그로 인해 만들어진 써먹기 힘든 마법약이 조금씩 시장에 나타나기 시작할 것이다.

그러니까 그걸 사달라고 은근히 유도하자, 에밀리 양은 멋진 미소를 지으며 고개를 끄덕였다.

"알았어. 그럼 나도 [연금솥]을 쓰지 않는 [속성석]의 레시피를 마기 씨에게 레시피 책에 넣어달라고 할게. 그러면 [속성석]을 노점에서 팔게 되겠지."

얼마 후의 미래를 상상하며 미소 짓는 에밀리 양.

나도 그렇고 에밀리 양도 자신이 OSO 라이프를 더욱 즐길 수 있게끔 생산 환경을 갖추기 위해 레시피를 퍼뜨리고 있다.

"자, 에밀리 양이 어떻게 지내고 있는지도 알았고, [속성석]도 보충했으니 이제 가볼게."

"오늘 와줘서 고마워. 이제 뭐할 건데?"

"마기 씨에게 가보려고. 방금 감정해준 [잡동사니] 중에 [기계장치 마도인형] 파츠가 있었거든."

[왼팔]과 [왼쪽 다리]가 나왔는데, [왼쪽 다리]는 마기 씨가 가지고 있기에 [왼팔]을 가져다주러 갈 생각이다.

"그래. 그럼 나하고 벨이 모은 파츠도 있으니까 그것도 가져다줄래? 뭐, 겹치는 것도 있겠지만 말이야. 그리고 [기계장치 마도인형]을 완성시키는데 도움이 필요하면 연락해."

"알았어. 그렇게 되면 레티아하고 다른 사람에게도 말할게."

"그럼, 윤 군. 또 봐."

"그래, 또 올게."

나는 에밀리 양에게 인사하고 나서 [소재상] 공방을 나와 뒷골목에서 큰길로 돌아왔다.

그리고 마기 씨의 [오픈 세서미]를 향해 걸어갔다.

오늘 마지막으로 갈 곳인 마기 씨의 가게, [오픈 세서미]
의 공방 안에서 쇠망치를 휘두르는 소리가 들렸다.

응대하러 나온 점원 NPC의 설명에 따르면 마기 씨는 지
금 안쪽 공방에서 작업 중이라고 했기에 나는 내가 모은 잡
동사니 소재와 에밀리 양이 맡긴 [기계장치 마도인형] 파츠
를 그 점원 NPC에게 건네고 가게 안에서 기다리기로 했다.

잠시 후 마기 씨가 노출이 많은 탱크톱에 숏 팬츠 차림을
한 채 목에 걸고 있던 수건으로 땀을 닦으며 음료수를 마시
며 가게로 나왔기에 나는 조금 놀랐다.

"아, 덥네. 더워. 윤 군, 기다리게 해서 미안해."

"마, 마기 씨. 그런 차림으로 다른 사람들이 보는 곳에 나
오면 안 돼요!"

"그래, 그래. 그럼 공방에서 이야기할까?"

전혀 반성하지 않는 것 같은 목소리로 말하며 나를 안쪽
공방으로 안내해주는 마기 씨.

무기를 생산하고 있었는지 아직 마법로에 새빨간 불이 켜
져 있었고, 그 마법로 안에는 불을 유지시키고 있는 불의 요
정의 모습이 보였다.

"계속 모이지 못하는 것 같아서 미안해."

"아뇨, 그건 괜찮은데⋯⋯."

열기가 고여 있는 곳에 있었기 때문에 달아오른 몸을 손

바닥으로 부치는 마기 씨의 모습이 섹시해서 나는 어딜 봐야 할지 곤란했다.

내가 그렇게 동요한 것을 아는지 모르는지, 태연하게 이야기를 꺼내는 마기 씨.

"우선 가지고 있는 [기계장치 마도인형] 파츠를 깨끗하게 정비하고 시험 제작품 외각도 마련해두었는데. 윤 군, 한 번 볼래?"

"네. 볼게요."

처음에는 녹슨 외각을 달고 있던 [기계장치 마도인형]의 오른팔은 외각을 떼어낸 뒤 깨끗하게 닦아 놓은 상태였다.

구체관절 부분은 약간만 힘을 줘도 간단히 떼어내거나 붙일 수 있는 구조였기에 보수하거나 조정하는 것도 편했다고 한다.

그 오른팔 옆에는 새로 만든 철제 외각이 놓여 있었고, 마기 씨가 그것을 조립해 보여주었다.

오른팔 파츠 자체는 꽤 가늘어서 불안했지만, 외각 파츠를 붙이자 사람의 팔 정도 두께가 되었다.

"뭐, 만든 건 외각의 시험 제작품뿐이지만. 우선 이렇게 해두면 마법 느낌이 나는 동력선을 보호할 수 있어. 그리고 이걸 이렇게 하면……."

마기 씨가 그렇게 말한 뒤 조립했던 외각을 떼어낸 다음 이번에는 손목 쪽의 외각을 약간 두껍고 어떤 장치가 달린 외각과 바꾸어 달았다.

"이게 내장 무장이야. 갈고리하고 와이어를 날리는 거지. 몇 초만에 되감을 수 있어."

마기 씨가 팔의 외각 일부를 누르자 손목에서 와이어가 튀어나왔다. 와이어 끄트머리에 달려 있던 갈고리가 벽에 부딪히자 바로 되감겼다.

"이거, 속도를 보니 그냥 단순히 발사하는 게 아니네요. 동력은 어떻게 충당하나요?"

"음~, 아마 마법 느낌이 나는 동력선에서 끌어오는 거 아닐까? 그 부분은 잘 모르겠어."

뭐야 그게, 판타지잖아, 그렇게 생각하며 약간 먼 산을 본다. 정비해두자 희미하게 빛이 들어와 있는 마법 느낌이 나는 동력선도 신비한 느낌이다.

애초에 [기계장치 마도인형]의 어떤 부분에 기계장치 요소가 있는 걸까? 수수께끼다.

"우선 지금은 여러 가지 소재를 사용해서 여러 종류의 외각을 시험 제작 중이야."

마기 씨는 그렇게 말하고 단순한 철제 외각 장갑과는 별개로 여러 가지 시험 제작한 외각을 꺼내 보여주었다.

"이게 전투용으로 시험 제작한 외각이야. 이쪽이 칼날이 내장된 토시고, 이쪽은 수납식 원형 방패 장갑."

칼날이 내장된 토시는 일반적인 외각 바깥쪽에 칼날이 내장된 장치가 달려 있고, 손목의 움직임에 맞춰 파타라는 종류의 수갑검이 튀어나오는 구조다.

그리고 수납식 원형 방패는 평평한 모양의 금속판을 여러 장 겹쳐서 끄트머리에 고정한 형태고, 그것을 손목에 장착하여 칼날이 내장된 토시처럼 손목을 움직여 전개 장치를 발동시키면 부채처럼 펼쳐져서 원형 방패가 되는 모양이었다.

소재와 형태 관계상 그렇게 내구도가 높은 방패는 아니지만, 작은 원거리 도구 정도는 튕겨낼 수 있다고 마기 씨가 말했다.

"원래는 빔 병기나 레이저 포 같은 걸 탑재하고 싶었는데, 판타지 세계에 그런 병기는 없을 테니까 리리에게 도와달라고 해서 이 [기계장치 마도인형]에 어울리는 기계활이라도 만들까 해."

"아니, 이 장치만으로도 충분히 판타지인데요. 휴우, [기계장치 마도인형]은 참 대단하네요."

"외각 파츠를 만드는 건 즐거워. 기분이나 상황에 맞춰서 마련해두었던 여러 종류의 파츠를 번갈아가면서 써도 재미있을 것 같고."

그렇게 즐겁게 이야기하던 마기 씨의 말투가 무거워졌다.

"인형의 본체라 할 수 있는 몸통이 없으니 진도가 안 나가거든."

"그야 그렇겠죠."

"팔다리도 하나씩 밖에 없으니 제대로 움직이지 않을 테고."

하긴, 다리가 한 쪽만 있으면 걸을 수가 없을 테고, 팔도 하나밖에 없으면 힘을 충분히 발휘할 수 없을 것이다.

"그러니까 지금 목표는 아직 얻지 못한 몸통 및 왼팔, 오른쪽 다리 파츠 확보야. 그것들을 수리하고 조정하는 건 마지막에 할 거고. 전부 다 모으고 나서 조립까지 단숨에 진행하고 싶어."

그렇게 말하며 웃는 마기 씨.

"그럼 제가 찾아낸 파츠를 마기 씨에게 드릴게요. 그리고 에밀리 양하고 벨이 맡긴 파츠도 있어요. 뭐, 겹치긴 했지만요."

나는 인벤토리에서 [기계장치 마도인형]의 [왼팔]과 [왼쪽 다리]를 꺼냈다.

"고마워! 윤 군! 이제 몸통하고 오른쪽 다리만 남았어!"

"그밖에도 도울 일이 있다면 말씀해주세요. 뭐든 할 테니까요."

"음~, 지금은 도와달라고 할 게 별로 없는 것 같은데……."

마기 씨는 팔짱을 끼고 시선을 위쪽 대각선으로 돌리며 생각에 잠겼지만 뭔가 떠오르는 게 없는 모양이었다.

"그러고 보니 윤 군의 [조금] 센스 레벨은 지금 어느 정도야?"

"[조금]요?"

나는 메뉴를 띄우고 내 센스 스테이터스를 확인했다.

소지 SP 16

[활 Lv55] [장궁 Lv39] [마궁 Lv22] [하늘의 눈 Lv22] [간파 Lv34]

[준족 Lv25] [마도 Lv27] [대지속성 재능 Lv7] [부가술 Lv50]

[조교 Lv34] [물리공격 상승 Lv20]

대기

[조약사 Lv18] [연금 Lv47] [합성 Lv46] [조금 Lv28]

[생산직의 소양 Lv13] [요리인 Lv15] [수영 Lv18] [언어학 Lv25]

[등산 Lv21] [신체내성 Lv5] [정신내성 Lv4] [선제의 소양 Lv11]

[급소의 소양 Lv10] [염동 Lv3]

알림

· NEW : [부가술]의 레벨이 50에 도달. 상위 센스 발생

신경 쓰이는 문구를 발견했지만, 그것은 나중으로 미루고 현재 [조금] 센스의 레벨을 마기 씨에게 말했다.

"지금은 28레벨이네요."

"그럼 좀 부족하겠네. 그래도 인챈트로 스테이터스를 강화할 수 있으니 미스릴 주괴는 만들 수 있어?"

"네, 네…… 그래도 혼자서는 좀처럼 잘 안 되네요."

미스릴 광석을 모아서 가공하려 했지만 혼자서는 잘 만들 수가 없었다.

길드 [OSO 어업조합]의 시치후쿠가 주문한 갤리온을 만드는데 필요한 미스릴과 블루라이트 광석을 사용한 합금제

배못을 만들 수 있게끔 하고 싶은데 그 주괴를 만들 수 있게 되기까지는 시간이 더 걸릴 것 같다.

"그렇다면 몸통하고 왼쪽 다리가 모일 때까지 [오픈 세서미]에 와서 연습하는 건 어때? 아마 [조금] 센스의 레벨이 35가 되면 미스릴 주괴를 만들 수 있는 스테이터스를 확보할 수 있을 것 같은데? 필요한 광석 같은 건 내가 충분히 모아두었으니까."

"그래도 되나요?"

"윤 군이 얼른 배못을 만들 수 있게 되면 나도 이익이니까 괜찮아. 그리고 [OSO 어업조합]이나 에밀리 양, 그리고 벨에게 사들인 광석도 있으니까 연습용으로는 부족하지 않고."

마기 씨가 그렇게 제안해준 것은 고마웠지만, 그래도 내가 너무 일방적으로 받기만 하는 것 같았다.

하지만 마기 씨는 웃으면서 내가 받아들이기 편하게끔 다른 이유도 설명해주었다.

"그리고 윤 군이 근처에 있으면 저번에 말했던 분말 형태의 마법약을 얻기 쉽다……는 두 번째 이익도 있지."

"알겠어요. 그럼 미스릴 주괴를 만드는 연습료 대신 분말 형태의 마법약을 만들어둘게요."

"고마워! 그럼 바로 연습해볼래?"

"어, 지금요?!"

"아직 마법로에 불이 남아 있기도 하고, 지금 윤 군의 실력을 파악해두고 싶어!"

"저기…… 알겠어요. 할게요."

나는 잠시 고민한 다음 제안을 받아들였다.

장비하고 있던 센스 구성을 생산용으로 바꾸고 인벤토리에서 [조금] 작업을 할 때 애용하는 흑철제 쇠망치를 꺼냈다.

내 스테이터스를 강화시키기 위해 물리공격과 속도를 상승시켜주는 인챈트를 걸면 준비가 끝난다.

마기 씨가 지켜보는 가운데 마법로에 미스릴 광석을 넣자 높은 온도로 인해 끈적끈적하게 녹은 미스릴이 주괴의 틀에 흘러들어갔다.

나는 적당한 양이 모이자 금형에서 미스릴 덩어리를 꺼내 쇠망치를 있는 힘껏 휘둘렀다.

[조금] 센스의 보조를 받으며 일정한 리듬으로 미스릴을 두들기다 보니 서서히 식어서 굳었기에 그것을 다시 마법로에 넣었고, 녹은 뒤에 꺼내서 다시 두드렸다.

마법로에서 새어 나오는 불꽃의 [열기 대미지]로 인해 HP를 조금씩 소모하면서 미스릴 주괴를 두드리다 보니 점점 탁한 회색으로 변했고——.

회색 미스릴 주괴 [소재]
어떤 요소가 부족하여 원래의 빛을 내지 못하는 미스릴 주괴.

[아트리엘]에서 몇 번 시험해봤을 때와 같은 결과를 보고 나는 한숨을 쉬었다.

"윤 군, 고생했어."

"으윽, 마기 씨. 실패해서 죄송해요."

나는 목에 땀이 흐른다는 것을 눈치채고 팔로 닦으며 마기 씨에게 사과했지만, 마기 씨는 신경 쓰지 않는다는 듯이 손을 저었다.

"나도 그렇게 실패했었으니까."

"마기 씨도 실패하셨었어요?"

"그래. 어째서 그렇게 되었을까 하고 생각하며 시행착오를 겪은 결과 겨우 그 원인을 알게 된 느낌이지. 일단 봐."

마기 씨가 그렇게 말하고 나와 교대한 다음 미스릴 주괴를 제작하는 시범을 보여주었다.

그런데 그녀가 들고 있던 것은 내가 실패한 회색 미스릴 주괴였다.

그것을 망설임없이 뜨거운 마법로에 넣고 녹아서 나온 미스릴 주괴가 금형에 흘러들어 가자 틀에서 빼내 몇 번 두드려서 형태를 만든 다음 근처에 준비해두었던 물에 재빨리 담갔다.

"이러면—— 완성이야!"

"어? 이게 다인가요?"

마기 씨가 물에서 건져낸 주괴는 눈이 부실 정도로 은빛을 내뿜고 있었다.

"어? 어째서죠?"

"그 회색 미스릴 주괴는 실패한 게 아니라 작업하던 도중이었던 거지."

마기 씨가 그렇게 말하며 미스릴 주괴를 만드는 순서를 가르쳐 주었다.

"처음에 마법로로 미스릴 광석을 녹인 다음에 두 번 정도 주괴 형태를 만드는 것까지는 지금까지 했던 방식으로 해도 문제없어. 하지만 사실 세 번째 과정이 있거든. 마법로에서 꺼낸 주괴를 두들겨서 회색으로 변하면 성수에 담가서 단숨에 온도를 낮추는 게 포인트야. 그렇게 함으로써 미스릴이 원래 지니고 있던 빛을 되찾는 거지."

"휴우, 마기 씨. 역시 대단하시네요. 세 번째 과정은 미처 생각하지 못했어요."

"하지만 윤 군도 이것저것 시험해보았지?"

마기 씨가 말한 것처럼 아이템 이름이 [회색 미스릴 주괴] 였기에 그것을 은빛으로 되돌리기 위해 EX스킬인 [마력부여]를 사용하거나, 생명의 물에 담가보거나, 약초를 비벼보거나, 생각하는 것들을 전부 다 해보았지만 설마 세 번 녹이고 나서 성수로 열을 식히기만 하면 될 줄은 몰랐다.

"윤 군은 몇 번 더 연습하면 미스릴 주괴를 잘 만들 수 있게 될 거야. 문제는 미스릴 주괴와 마법금속을 합친 합금이지. 그쪽은 [조금] 센스의 레벨을 35정도까지 올릴 필요가 있으니까."

"일단 미스릴 주괴를 확실하게 가공할 수 있게끔 [조금] 센스 레벨을 올릴게요."

나는 마기 씨가 작업했던 과정을 따라하는 듯이 광석을 마법로에 넣고 미스릴 주괴를 만들었다.

　회색 미스릴 주괴는 문제없이 만들 수 있었고, 그 다음에 그것을 다시 마법로 안에 넣고 녹여 일반적인 순서에 따라 몇 번 두드린 다음 재빨리 성수에 담그자——.

　——투둑!

　회색 미스릴 주괴가 회색 그대로 여러 개의 조각으로 갈라져 버렸고, 빛의 입자로 변해 성수 안으로 사라져갔다.

　"어? 실패했나?!"

　"아~, 인챈트로 스테이터스를 속여도 아직 안 되는구나. 이렇게 된 이상 윤 군의 [조금] 레벨이 35가 될 때까지는 성공하지 못할지도 모르겠어."

　"그럴지도, 모르겠네요…….."

　센스 레벨에 발목이 잡혀 풀죽은 나를 격려하려는 듯이 마기 씨가 어깨를 두드렸다.

　"괜찮아. 레벨 같은 건 금방 오르니까! 그리고 회색 미스릴 주괴를 만들 수 있으니 액세서리에 잘 맞는 미스릴과 은의 합금을 만들면 연습할 때 좋을 거야."

　"네. 열심히 할게요."

　나는 그대로 작업을 계속 진행하며 [조금] 센스의 레벨을 올릴 겸 회색 미스릴 주괴를 몇 번 만들었고, 그 다음에는 은과 배합 비율을 바꿔가면서 액세서리용 합금 주괴를 만들어나갔다.

어떤 배합 비율로 만든 주괴가 액세서리에 가장 잘 맞을까.

마기 씨는 고민하는 내 모습을 뒤에서 지켜보기만 할 뿐, 아무런 말도 하지 않았다.

그리고 가끔 [기계장치 마도인형]을 수리하는 공구 소리가 공방 안에 울려 퍼졌다.

5장　　수리와 도자기

"휴우. 우츠강 주괴는 열 번 중에 여섯 번 정도는 성공할
수 있게 되었네요."

"윤 군, 고생했어."

나는 뜨거운 열기를 뿜어내는 마법로 앞에서 얼굴에 달라
붙은 머리카락을 쓸어올리고 고생했다고 말해준 마기 씨를
향해 돌아보았다.

내가 마법로를 빌린 동안에 마기 씨는 [기계장치 마도인
형]의 팔다리 파츠를 정비하고 대충 형태를 정한 외각을 깎
아 미세하게 조정하거나 여러 가지 소재를 조합해서 외각을
시험 제작해보고 있었다.

"다음에는 내가 마법로를 쓸 건데, 윤 군은 어떻게 할 거야?"

"우선 좀 쉴 게요."

"알았어! 그럼 내 작업이 끝나면 다시 마법로를 써. 다음
에는 액세서리를 만들어보는 게 어때?"

"그래요. 좀 생각해볼게요."

나는 마기 씨가 한 말을 듣고 미소를 지으며 마법로를 양
보하고 공방 한쪽으로 갔다.

공방에서 작업할 때는 여전히 시원스러운 차림인 마기 씨
때문에 어딜 봐야 할지 곤란했던 나는 마법로의 열기로 인
해 몸이 달아올라 흘린 땀이 식을 때까지 잠시 눈을 감고 명

상에 잠겼다.

그리고 열기와 땀이 식고 작업으로 인해 생긴 얼룩 같은 것들이 시간이 지나 사라지자 나는 눈을 뜨고 다시 의욕을 냈다.

"좋아, 다음에는 뭘 할까."

마기 씨가 마법로를 사용하고 있는 동안에 여기서 뭘 할까 생각하고 있자니 내가 숨을 돌리는 것을 기다리고 있던 새끼 짐승 형태 뤼이와 자쿠로가 다가왔다.

마기 씨의 파트너인 리쿠르도 뜨거운 마법로 앞에서 작업하고 있던 마기 씨에게 다가가지 못해서 심심했는지 내게 몸을 비벼댔다.

"너희들, 심심하구나? 어쩔 수 없지. 간식이라도 만들까?"

내가 그렇게 말하자 기쁜 듯이 꼬리를 흔드는 사역 MOB 세 마리를 보고 쓴웃음을 짓고 나서 가지고 있던 식재료 아이템을 확인하며 마기 씨에게 말을 걸었다.

"마기 씨, 여기서 간식 만들어도 되나요?"

"괜찮아! 그 대신 누나 몫도 남겨줘!"

"물론이죠."

나는 미소를 지으며 인벤토리에서 앞치마를 꺼내 입고는 간식을 만들 소재를 늘어놓기 시작했다.

"음~, 뭘 만들까. 간단한 거…… 핫 케이크로 할까?"

파운드 케이크를 만들 때 썼던 식재료 계열 아이템이 남아 있었기에 그것들을 이용하기로 했다.

과자 제작용 도구 세트인 [스위트 팩토리]에서 그릇과 거품기, 체, 프라이팬, 뒤집개를 꺼내 준비했다.

"나하고 마기 씨. 그리고 뤼이, 라쿠로, 리쿠르가 먹을 몫이니까…… 열 개면 되려나?"

한 사람 당 두 개로 계산하고 분량을 쟀다.

박력분, 베이킹 파우더, 설탕을 체로 치고 거품기로 섞은 다음 [코카트리스의 알]과 우유를 넣고 가루 모양이 남지 않을 때까지 섞어 반죽을 만든다.

그 다음에는 간이 풍로를 꺼내 프라이팬에 기름을 얇게 둘러 데운 다음 반죽을 넣는다.

뒤집개로 형태를 만들면서 약한 불로 몇 분 구운 다음 표면에 작은 거품이 부글부글 올라오기 시작할 때 뒤집어서 다시 몇 분 정도 구우면 부드럽게 부푼 핫 케이크가 완성된다. 그것을 인벤토리에서 꺼낸 큰 접시 위에 담는다.

그리고 다음 핫 케이크를 만들려 하자――.

"이놈~, 잡아당기지 마~."

내 앞치마를 잡아당기는 뤼이, 그리고 발치에 몸을 비벼대는 자쿠로와 리쿠르.

"후훗, 맛을 보고 싶은 모양이구나."

"정말, 어쩔 수 없지. 조금만 기다려."

나는 일단 풍로의 불을 끄고 막 구운 핫 케이크를 식칼로 6등분 한 다음 한가운데에 버터를 한 조각 올리고 아껴둔 벌꿀인 [요정향의 화왕밀(허니크라운)]을 끼얹었다.

내가 그 [요정향의 화왕밀]을 인벤토리에서 꺼낸 순간, 마법로 안에서 불을 유지하고 있던 불의 요정이 기쁜 듯이 미소를 지었고, 그 순간 마법로 안의 불꽃이 거세게 타올랐다.

"자. 다들 한 조각씩 맛을 봐."

내가 핫 케이크를 한 조각씩 내밀자 사역 MOB들이 차례대로 먹었다.

뤼이는 한입에 다 먹어버렸고, 자쿠로와 리쿠르는 앞발로 받치는 듯이 들고 조금씩 먹은 다음 마지막에는 발에 묻은 벌꿀을 아쉽다는 듯이 핥고 있었다.

나는 나머지 세 조작이 남은 접시를 들고 새빨간 불꽃이 타오르는 마법로 쪽으로 다가가서——.

"마기 씨도 맛보실래요?"

"음~. 지금은 손을 떼기가 힘든데."

마기 씨는 지금 플레이어에게 의뢰를 받은 무기를 만들고 있었다.

마침 식은 금속을 마법로 안으로 넣고 나서 마기 씨는 좋은 생각이 났다는 듯이 장난기 어린 미소를 지으며 돌아보았다.

"그래, 윤 군이 먹여줘!"

"네, 네?!"

"자, 어른. 아앙~."

눈을 감고 입을 벌린 채 핫 케이크를 기다리는 마기 씨를 보고 나는 한순간 당황했지만, 될대로 되라는 심정으로 그녀의 입에 핫 케이크를 내밀었다.

"알았어요! 자요!"

"냠! 으음! 마시써!"

마기 씨는 기쁜 듯이 눈을 가늘게 뜨고 핫 케이크를 맛보았지만, 나는 뜻밖의 기습으로 인해 심장이 두근거렸다.

"응, 푹신푹신한 빵은 단맛이 좀 덜하지만, 거기에 녹인 버터의 약간 짠맛과 진한 벌꿀의 단맛이 잘 살아나서 정말 맛있네. 고마워, 윤 군."

맛을 본 핫 케이크를 삼키고 맛에 대한 감상과 고맙다는 인사를 한 마기 씨를 보고 나는 딱딱한 미소를 지었다.

"아하하. 가능하면 다음에는 휴식할 때 제대로 드세요."

주로 내 정신건강이 위험하니까, 그렇게 마음속으로 덧붙이면서 남은 핫 케이크 중 한 조각을 마법로에서 튀어나온 불의 요정에게 건네고 마지막 한 조각은 내가 맛을 보았다.

"응. 이 정도면 괜찮지. 나쁘지 않아."

나 자신의 감상은 그렇게 특이하지 않았다.

모두가 맛을 본 다음 나는 나머지 반죽을 차례차례 구웠다. 처음 구운 것은 모두가 맛을 보는 용도로 먹어버렸기 때문에 결국 열한 개나 굽게 되었다. 나는 능숙하게 프라이팬을 뒤집어서 부풀어 오르며 구워진 핫 케이크를 차례차례 사역 MOB들에게 나누어주고 일곱 개째부터는 큰 접시에 담아나갔다.

그러던 동안 마기 씨의 작업이 일단락되었고, 나도 차를 마실 준비를 대충 갖추었다.

"휴우~, 윤 군. 끝났어~."

"네. 그럼 간식을 먹어볼까요."

나는 핫 케이크 네 개가 겹쳐져 있는 접시와 차를 테이블에 놓고 쉬기 시작했다.

서로 다음에 뭘 만들지, 뭔가 재미있는 아이디어가 없는지 이야기를 나누면서 핫 케이크를 다 먹었고, 간식의 여운을 즐기고 있자니 공방에 점원 NPC가 들어와서 마기 씨에게 귓속말을 했다.

"실은 손님이 오셔서──."

"아~, 그럼 여기로 안내해줘."

"알겠습니다."

작은 목소리로 이야기를 짧게 주고받아서 누가 왔는지까지는 듣지 못했지만, 마기 씨가 허락한 걸 보니 문제가 없는 사람일 것이다.

그리고 금방 점원 NPC에게 안내를 받고 온 플레이어를 보고 나는 조금 놀랐다.

"야호~! 윤 언니! 마기 씨!"

"후후훗, 안녕하세요. 윤 씨, 마기 씨."

"뮤우, 그리고 리레이. 무슨 일이야?"

온 손님이 내 여동생인 뮤우와 파티 멤버인 리레이라는 것을 미리 점원 NPC에게 들었던 마기 씨는 두 사람을 반갑게 맞아주었다.

"이 두 사람은 윤 군을 만나러 온 거야."

"네? 저요? 마기 씨가 아니고?"

뮤우가 내게 무슨 볼일이 있나 싶어서 고개를 갸웃거렸는데, 뮤우는 그런 내 모습이 마음에 들지 않았는지 살짝 입을 삐죽대면서 불만스러워 했다.

"언니, 나한테 [잡동사니] 아이템이 있으면 모아달라고 부탁했잖아! 마기 씨가 [기계장치 마도인형] 파츠를 가지고 싶어 한다고!"

"[화석]을 모은다고 하길래 그러는 김에 부탁한 건데, 얻었어?"

"얻기는커녕 [채굴]을 할 수 있는 사람이 없어서 [화석]을 발굴하는 효율이 떨어지니까 [잡동사니]만 모였어!"

그렇게 말하고 가슴을 편 뮤우는 인벤토리에서 [기계장치 마도인형]의 팔다리 파츠를 꺼내 끌어안았다.

인형의 팔다리 파츠가 잔뜩 모여 있으니 징그러워서 나도 모르게 표정이 굳었다.

그런 내 모습은 아랑곳하지 않고 뮤우가 근처에 그 파츠를 내려놓자, 이번에는 리레이가 한 발짝 앞으로 나섰다.

"후후훗, 팔다리 파츠는 뮤우 양이 담당한 거고요. 진짜 배기는 이거죠."

리레이가 그렇게 말하며 인벤토리에서 꺼낸 것은 사람의 몸통 같이 생긴 파츠였다.

배에 해당되는 부분의 장갑이 벗겨져 나갔고 내부가 뻥

뚫려 있는 인형의 몸통 프레임—— [기계장치 마도인형]의 [몸통]이었다.

"이거, 리레이가 찾아내서 고치려고 했는데 수리에 맞는 센스를 가지고 있지도 않았고, 윤 언니 일행이 찾고 있는 거라고 해서 가지고 왔어."

"후후홋, 사실, 사실 제 손으로 고치고 싶었어요! 고쳐서 제 취향에 맞는 여자애 인형을 만들려는 생각까지 했죠! 하지만 이번에는 눈물을 머금고, 눈물을 머금고! 포기하기로 했죠."

열변을 토하는 리레이를 보고 그렇구나라고 대충 대답할 수밖에 없는 나.

"그러니 수리하실 수 있을 것 같은 윤 씨와 마기 씨에게 가져왔어요."

"고마워. 전부 다 사들일게. 예비 팔다리 파츠도 필요했었거든."

그렇게 말하며 방긋 미소 짓는 마기 씨.

뮤우와 리레이는 기뻐하며 하이파이브를 했다.

"나한테 없었던 오른쪽 다리, 그리고 특히 몸통 부분은 비싸게 사들일 거고, 다른 것들은 다 합쳐서 이 정도면—— 어떨까?"

내 옆에서 가격 교섭을 시작하는 마기 씨와 뮤우 일행.

마기 씨가 제시한 금액에 뮤우 일행이 NPC에게 의뢰한 감정 비용을 얹어달라고 하자, 마기 씨는 그 대신 뮤우 일행이 가지고 있는 다른 꽝 아이템을 받고 싶다고 했다.

꽤 치열한 가격교섭이 진행되었지만 서로 험악한 분위기를 보이지는 않았고, 그렇게 흥정하는 것 자체를 즐기고 있는 것 같았다.

나는 옆에서 이야기를 들으며 조용히 핫 케이크를 추가로 굽기 시작했다.

점점 공방 안에 퍼지는 달콤한 냄새로 인해 마기 씨 VS 뮤우 일행이 벌이던 교섭의 기세가 약해졌고——.

"그럼 [기계장치 마도인형]을 고치는 과정을 견학하고 언니의 핫 케이크를 먹는 조건을 붙여서 그 가격으로 팔도록 하죠!"

왠지 모르겠지만 내가 굽고 있던 핫 케이크까지 조건에 들어가 있었다.

"윤 군, 저 조건으로 해도 돼?"

"마기 씨에게 맡길게요."

"그럼 교섭 성립이야. 잘됐어, 이제 모든 파츠가 모였네."

"네. 그럼 뮤우하고 리레이는 막 구운 핫 케이크라도 먹고 있어. 나는 인형의 파츠를 마기 씨하고 같이 확인할 테니까."

나는 두 사람에게 핫 케이크를 권하고 나서 마기 씨를 돕기 시작했다.

"윤 군, 우선 각 파츠의 프레임만 보수해두자."

"알겠어요."

나와 마기 씨는 녹이 슨 팔다리의 외각을 떼어내고 프레임을 조각조각 분해한 다음 하나하나 녹 제거 크림을 묻힌 천으로 닦기 시작했다.

"자~, 리쿠르. 핫 케이크를 나눠줄 테니까 그 은빛 털을 푹신푹신하게 해줘~."

『멍멍.』

그런 소리가 들렸기에 프레임을 닦으며 그쪽을 보니 리쿠르가 뮤우에게 핫 케이크를 달라고 보채었고, 그와는 대조적으로 뤼이와 자쿠로는 뮤우를 경계하며 공방 구석에서 환술을 써서 숨어 있었기에 나는 무심코 웃어버렸다.

"후후훗, 윤 씨하고 마기 씨는 뭘 하고 계신가요?"

리레이가 묻자, 나는 작업을 계속하며 대답했다.

"녹을 벗겨내고 있어. 그러지 않으면 녹슨 부분의 내구도가 매우 떨어지니까."

"후후훗, 녹 제거 크림인가요? 그런 게 OSO에 있었군요."

"아니야. 이건 윤 군이 일부러 만들어준 거야. 처음에는 내가 줄질을 해서 벗겨냈는데, 그렇게 하면 파츠 전체의 내구도가 떨어져버리니까."

마기 씨가 그렇게 말하며 자랑하는 듯이 녹 제거 크림으로 녹을 벗겨내고 나서 깨끗한 천으로 닦아내자 금속 프레임이 원래 색인 은빛으로 돌아왔다.

그 녹 제거 크림은 이동백의 기름과 목랍으로 만든 베이스 크림 중에서도 단단하게 배합한 것에 녹을 떼어내는 효과가 있을 것 같은 점균 슬라임의 강산성 젤리를 배합해서 만든 것이다.

처음에 적당한 배합 비율을 알지 못한 채 만든 시험 제작품은 금속 자체를 녹여버려서 내구도가 대폭 떨어졌지만, 그 뒤에 감정한 [잡동사니] 안에 있던 녹슨 도구 같은 아이템을 써서 실험을 거듭한 결과, 겨우 만족스러운 배합 레시피를 발견해냈다.

이번처럼 아이템 표면의 녹을 제거하는 것 말고도 [대장]이나 [세공] 계열의 생산 과정에서 금속 표면을 연마하거나 전투하기 전에 검이나 도 같은 무기에 사용함으로써 더 예리해지고 일정한 횟수의 공격에 참격 대미지 보너스가 붙곤 한다.

그렇게 편리한 녹 제거 크림을 써서 나와 마기 씨가 열심히 프레임을 닦고 조정한 다음 전체적으로 합치자 사라졌던 마법 느낌이 나는 동력선의 빛이 희미하게나마 돌아왔다.

하지만 지금은 아직 내부의 동력선이 드러나 있어서 말하자면 뼈만 있는 상태이기 때문에 그냥 보기에는 매우 아쉬운 상황이다.

"저기, 저기, 언니. 그거 수리가 다 된 거야?"

"아니야, 아니야. 이건 프레임을 손보았을 뿐이야. 이제 한 번 더 분해해서 파츠별로 프레임을 조립한 다음에 외각을 붙이고 난 뒤에 각 파츠를 조립해야지."

나는 오늘 뮤우와 리레이가 새로 가져온 파츠를 닦으며 설명했다.

"그럼, 그럼, 외각은 어떤 걸 만들 수 있어? 검 같은 걸 들려줄 수도 있어?"

"……그래. 생각해보니 딱히 외각에 뭔가를 내장시킬 필요는 없지. 골격이 사람과 비슷하니까 내부 기구를 보호하는 외각과 방어구, 그리고 무기를 마련해주면 되니까."

마기 씨도 나와 마찬가지로 작업을 하면서 중얼거렸다.

인형 본체에 기능을 전부 다 넣어야만 한다고 생각했지만 그럴 필요가 없다는 것을 깨달은 모양이었다.

뭐, 마기 씨는 로망파니까 외각에 장치를 내장시키겠구나 라는 생각이 들긴 하지만.

그렇게 이야기하던 동안에 내가 마지막 오른쪽 다리 파츠를 다 닦았기에 다른 파츠 다섯 개와 함께 테이블 위에 올려놓았다.

"그렇구나. 등뼈 같은 프레임, 그리고 목 뒤에는 나사 구멍 같은 게 있으니까 여기를 통해 동력을 확보하는 건가?"

"이제 전부 다 합친 다음 조정할 필요가 있고, 인형을 움직일 동력에 대해서는 [해체도면]을 한 번 조사해봐야겠네요."

"그래. 그것하고는 별개로 그 중화 냄비 같은 머리 파츠는 머리에 씌우는 용도 같아."

"튼튼해 보이는 파츠니까 머리를 지키는 투구 같은 파츠 아닌가요?"

본체인 몸통에 연결될 머리 부분을 조사한 마기 씨는 본체 머리에 끼워 넣을 수 있는 부분을 찾아냈고, 중화 냄비 같은 머리 파츠의 합체 부분이 무사하다는 것을 확인했다.

그동안에도 녹이 슬고 너덜너덜해진 외각을 떼어내고 등 뼈와 골반, 몸의 골격을 본떠 만든 자잘한 내부 기구를 분 해해서 녹 제거 크림으로 정성껏 닦으며 이야기를 나눈 나 와 마기 씨.

뮤우와 리레이는 그렇게 우리들이 작업하는 모습을 잠시 지켜보다가 핫 케이크를 다 먹은 뒤에는 할 일이 없어졌기 에 조용히 가게에서 나갔다.

작업과 이야기에 푹 빠져 있던 나와 마기 씨는 그 사실을 전혀 눈치채지 못했다.

●

"미안해! 미우! 작업하느라 정신이 없었어!"

작업이 일단락된 뒤에 뮤우와 리레이가 없다는 사실을 눈 치챈 나와 마기 씨는 실수했다며 반성하고 작업을 중단하기 로 했다.

그리고 로그아웃한 나는 저녁 식사를 하는 자리에서 미우 에게 사과했다.

"딱히 신경 안 써도 돼. 간식도 먹었으니까. 오빠하고 마 기 씨가 뭘 한 건지는 모르겠지만."

"진짜 미안하다니까."

나는 약간 토라진 듯한 미우의 기분을 풀어주기 위해 계속 사과했고, 그러다 보니 미우가 살짝 웃음을 터뜨렸다.

"그렇게 진지하게 사과하지 않아도 되는데. 그래도 분야가 전혀 다르다는 걸 잘 알았어. 오빠하고 마기 씨가 뭘 하는지 전혀 알 수가 없었으니까. 그런데 그건 언제쯤 완성되는 거야?"

그렇게 말하며 된장국을 마시는 미우에게 내가 간단히 설명했다.

"일단 파츠는 전부 모였으니까 이제 조립해서 조정하기만 하면 되는데, 나도 그렇고 마기 씨도 꼼꼼하니까."

뮤우와 리레이가 돌아간 뒤로 [기계장치 마도인형]의 [해체도면]을 [언어학] 센스로 해독한 결과 알아낸 것은 동력원이 역시 매우 고전적인 나사 회전식 태엽이라는 사실이었다.

목 뒤쪽의 태엽 구멍 안쪽에 있는 동력기구를 회전시키는 태엽을 끼워 넣음으로써 인형을 가동시킬 수 있게 된다.

그런데 사용하는 태엽의 소재에 따라 [기계장치 마도인형]이 움직이는 속도가 달라지는 모양이었다.

정말 그런 걸로 기계장치 인형이 움직이기는 하는 건지, 기계공학 지식이 전혀 없는 나는 그런 부분이 판타지 같다고 생각했다.

"나도 그렇고 마기 씨도 예비 팔다리 프레임을 마음대로 커스터마이즈하면서 정비가 끝난 몸통 부분을 더 자세히 확인해볼 생각이야."

"그렇구나. 그런데 [기계장치 마도인형]은 여자애였던 모양인데."

"여자애?"

"응. 우리가 가져간 몸통은 아무리 봐도 여자애 골격이었어. 그래서 리레이가 미소녀 인형이다아! 라고 하면서 [화석]을 찾는 걸 제쳐두고 기뻐했으니까."

"아~, 골격에도 성별이 있구나. 그럼 남성형도 있으려나?"

미우와 이야기를 하다가 뜻밖의 가능성을 깨달았지만 우선 지금은 여성의 골격에 맞춘 외각을 생각해야 하는 상황이다.

여성형이라면 외각을 대체로 작게 만들어야 전체적인 밸런스가 나빠지지 않을 것이다.

"일단 완성되면 사람들한테 선보여야지!"

"이제 동력이 문제인데."

목 뒤에 뚫린 태엽 구멍 기구를 회전시킬 태엽이 완전히 사라졌기에 그것을 마기 씨와 함께 만들어야만 한다.

특정한 소재로 만들어낸 태엽을 감으면 마력 느낌이 나는 무언가가 동력선을 타고 기계장치 인형을 움직이는 것 같은데, 그게 과연 기계장치인가?

마법 느낌이 나는 무언가로 움직인다면 기계장치라고 할 수는 없지 않나 하는 생각이 들었지만, 여러모로 수수께끼가 많았기에 우선 지금은 제쳐두기로 했다.

"이제 외각과는 별개로 무장을 어떻게 할지도 문제인데……."

"뭐야? 뭐야? 기계장치 인형의 무기 같은 것도 만들어? 손목에 접이식 내장검이라든가, 빔이라든가?! 나아가서는 로켓 펀치라든가?!"

아니, 관절 부분은 구체라서 간단히 떼어낼 수 있긴 한데, 보통 그렇게 만들지는 않지…… 하지만 로망파인 마기 씨라면 그럴 지도 모르겠다는 생각이 들어 나는 불안해졌다.

"그건 안 될 거야. 나는 안 될 것 같아."

"어~?"

"그렇게 안타까운 듯이 말하지 마. 외각하고 무장에 대해서는 지금 마기 씨가 여러 가지 패턴으로 생각하고 있으니까, 나는 [대장] 계열이 아닌 [세공] 계열 센스로 무장하고는 다른 외각을 생각해봐야 해."

"그렇구나. 뭔데? 비스크 돌 같은 거라도 만들게?"

"비스크 돌이라. 뭐, 프레임이 금속이라고 해서 외각도 금속으로 만들 필요는 없겠지? 그렇다면……."

저번에도 마기 씨와 이야기를 했지만 스틸 카우의 가죽을 써서 외각을 만들 수 있을지도 모른다. 그리고 그때 내 눈에 들어온 것은 저녁 식사 때 사용한 새하얀 그릇이었다.

새하얀 도자기라면 귀여운 여자애 인형처럼 만들 수 있을 것이다.

OSO에서 도자기를 만든 적은 없지만, 대충 순서를 알아내면 나도 만들 수 있을지도 모른다.

미우와 이야기를 나누다 힌트를 얻은 나는 OSO에 로그
인한 다음 [아트리엘]에서 도자기로 외각을 만들기 위해 필
요한 아이템을 조사했다.

"필요한 건 점토, 재, 그리고 금속 분말이구나. 부족한 건
점토인가?"

뭐, 그 아이템에 대해서는 대충 짐작이 간다.

제1마을 서쪽에 있는 숲 같은 곳에는 부엽토 등의 아이템
을 얻을 수 있는 비옥한 땅이 많지만, 남쪽 습지대에는 농
사에 적합하지 않은 점토질 흙이 많이 있다.

밭에 적합하지 않은 땅이기 때문에 나는 거의 채취하지
않았지만, 이번 도자기 외각 시험 제작품을 만들려면 대량
으로 필요하다.

그것을 채취하기 위해 어두운 밤길을 걸어가며 마을 바깥
으로 향했지만 [하늘의 눈]의 암시 성능이 있기 때문에 이
동하는데는 문제가 없었다.

그리고──.

"오, 역시 밝구나."

제1마을 남쪽 습지대에는 월 오 위스프가 비선공 상태로
나타나기 때문에 의외로 밝다.

그리고 내가 하늘하늘 흔들리면서 다가온 위스프들에게
약초 계열 아이템을 내밀자 월 오 위스프는 그것을 먹는 듯

이 불덩이 안으로 흡수했고, 그 대신 위스프 고유 아이템을 건네주었다.

그런 식으로 밤 산책을 하면서 습지대의 채취 포인트 지면을 삽으로 파서 목표였던 [점토질 흙]을 얻은 다음 [아트리엘]로 돌아왔다.

"이 정도 있으면 충분하려나?"

나는 그렇게 말하면서 모은 [점토질 흙]을 적당히 들고 맨손으로 섞기 시작했고, 거기에 물을 조금씩 넣어 딱 좋게 끈적거리게끔 주물렀다.

밀가루에 물을 넣어 케이크와 빵의 반죽을 만드는 것과 마찬가지로 물을 너무 많이 넣어서 흐물흐물해지지 않게끔 조심하면서 점토 덩어리를 만들었다.

"휴우, 사전 준비는 이 정도면 될까?"

이름을 보니 [점토질 흙]에서 [도예 점토]로 바뀌었다.

"우선 형태를 갖추고 구워볼까."

[아트리엘]의 마법로에 불을 켜고 온도가 안정될 때까지 적당히 뜯어낸 점토를 주물러서 형태를 만들었다.

판자와 접시, 찻잔 형태를 만들어보았지만 아무래도 예쁘지 않아서 마음에 들지 않았다. 하지만 시험 제작품이라고 생각하고 [조합] 센스 중에서 건조 스킬로 수분을 날린 다음 마법로 안에 넣었다.

원래는 커다란 가마 안에 넣어서 천천히 구워야 하겠지만 만드는 방법을 모르는 나는 무기와 액세서리를 만드는 것처럼 구웠다.

그리고 완성된 것이── [초벌구이 토기]였다.

원래 이렇게 짧은 시간만에 도자기가 구워질 리는 없지만 그런 부분은 판타지이기 때문이겠지.

완성된 것은 감촉이 거칠고 단단하며 무른 도자기였다.

척 보기에는 삿무늬 토기 같아 보이는 그것을 보니 상상했던 비스크 돌 같은 백자 외각과는 전혀 다르다고 느끼면서 생각했다.

"음~. 애초에 도자기는 어떻게 하얗게 만드는 거였지? 유약을 바르고 구우면 하얗게 되던가? 아니면 점토에 뭔가 섞어야 하나?"

어떻게 해야 하얀 도자기를 구울 수 있을까?

"우선 생각나는 대로 만들어서 경험을 해볼까? 모르는 걸 고민해봤자 소용없으니까."

나는 그렇게 중얼거리면서 인벤토리 안에서 구멍 뚫린 유리구슬 같은 유리 세공을 할 때 사용하는 소재인 [모래 결정]과 다른 여러 종류의 금속 주괴를 꺼냈다.

"유약으로 색이나 문양도 만들 수 있었지?"

분쇄기로 여러 종류의 금속 주괴와 [모래 결정]을 가루 상태로 만들었다.

시험 제작이라서 그 가루와 물, 점토를 전부 다 감과 눈대중으로 섞어서 끈적끈적한 유약을 여러 종류 만들었다.

거기에 초벌구이한 도자기를 가라앉히듯이 담그고 다시

마법로 안에 넣었다.

그러자 만들어진 도자기가 [도자기 토기]로 변했다.

사용한 금속에 맞게 여러 가지 색으로 변하니 재미있는데, 유약을 눈대중으로 만들었기에 구워진 색이 진하거나 연하게 나왔다.

내 취향에 맞는 색이 나온 것이 우츠강 주괴 가루를 넣은 유약이었고, 철 주괴 가루를 넣은 유약을 써서 만들었을 경우 까만색에 가까운 계열로 구워진 도자기는 강도가 약간 올라간 모양이었다.

──아니, 내가 만들고 싶은 색은 백자 같은 색인데.

"초보의 지식으로는 안 되겠네. 일단 로그아웃해서 대충이나마 조사해볼까? 아니면 내일 도서관에 가서 [도자기]에 대해 나와 있는 책을 찾아볼까…… 뭐, 오늘은 할 수 있는 만큼만 만들어보자."

그 뒤로도 나는 광석 유약을 적당히 만들어 초벌구이 판자에 바르고 구워서 그 색을 즐겼다.

그리고 다음 날──.

"흐음, 흐음…… 점토에 [모래 결정]뿐만이 아니라 뼈 같은 것들을 더 넣으면 백자처럼 하얀색이 생기는구나."

나는 마기 씨에게 연락해서 오늘 [오픈 세서미]에 늦게 간다고 전하고 도서관에서 도자기에 대해 조사하고 있었다.

그 결과──.

· 마법방어 계열 액세서리로도 사용 가능.

· 백자는 점토, [모래 결정], 생물의 뼛가루를 섞은 뒤 구워서 만들 수 있다. 루비나 사파이어 등의 보석을 추가함으로써 강도가 더욱 높아진다.

그런 판타지 도자기를 만드는 방법을 알아낼 수 있었다.

나는 그 방법을 메모하고 도서관에서 나와 점토를 어제 만들었던 분량만큼 습지대에서 채취한 다음 마기 씨의 [오픈 세서미]로 갔다.

"마기 씨, 늦어서 죄송해요."

"윤 군, 어서 와. 미리 연락을 줬으니까 괜찮아."

그렇게 말하며 나를 돌아본 마기 씨는 [기계장치 마도인형]의 파츠를 정비하고 그것들을 이어붙이고 있었다.

마법 느낌이 나는 동력선이 드러나 있고 외각도 아직 장착하지 않았지만 전체를 다 붙이니 꽤 완성에 가까워진 느낌이었다.

중화 냄비 같은 파츠도 지금 다시 보니 머리에 쓰는 삿갓 같은 느낌이 들기도 했다.

하지만 그 머리 파츠를 장착하면 인형의 눈이 좀 가려지는 것이 아쉬웠다.

"[기계장치 마도인형]은 어때요?"

"일단 프레임 정비가 끝났으니까, 이제 외각을 씌우고 목 뒤에 있는 구멍에 맞는 태엽을 만들기만 하면 되겠지. 윤 군은 오늘 왜 늦었어?"

"사실 도서관에서 조사할 게 좀 있어서요——."

내가 어젯밤에 뮤우가 한 말을 듣고 도자기의 가능성에 대해 떠올리고 급하게나마 구워보았다는 것. 그리고 방금 도서관에서 OSO의 도자기 제작 방법을 조사해왔다는 이야기를 했다.

"그래서 좀 늦었어요."

"호오, [세공] 센스는 그렇게도 쓸 수가 있구나. 그런데 외각을 도자기로 만든단 말이지…… 나는 전혀 생각하지 못했는데."

마기 씨는 대장장이이기에 근처에 있는 소재 중 대부분이 금속 계열이다. 그렇기 때문에 금속 말고 다른 소재로 기계장치 인형의 외각을 만든다는 발상 자체를 못 했던 모양이다.

"나는 로봇을 상상하면서 작업했으니까 외각을 전부 다 금속으로 만들 생각이었지."

"저는 뮤우가 한 말을 듣고 비스크 돌 같은 것도 괜찮지 않을까 싶었거든요."

"비스크 돌에 백자말이지. 응, 재미있을 것 같아! 윤 군, 나한테 도자기에 대한 걸 가르쳐줄래?"

"네! 하지만 저도 어젯밤에 시작한 참이라 잘 모르지만요."

기운차게 대답하긴 했지만 갑자기 창피해진 내가 변명하는 것 같은 말을 해도 마기 씨는 신경 쓰지 않는 모양이었다.

그렇게 그날 일정은 [조금] 센스의 레벨을 올리기 위해 주 괴를 만드는 것이 아니라 도자기 외각을 만들기 위한 시간 이 되었다.

●

"윤 군. 우선 뭘 하면 돼?"

"저기, 제가 어젯밤에 채집했던 [점토질 흙]이 있으니 거 기에 물을 넣고 뭉쳐서 [도예 점토]로 만들어요."

"알았어. 물은 어떻게 하지? 그냥 물? 생명의 물? 아니면 성수?"

"어제는 그냥 물로 해봤으니 오늘은 생명의 물로 시험해 보고 싶네요."

"알았어."

마기 씨는 처음해보는 것 같지 않은 솜씨로 [점토질 흙]을 팍팍 [도예 점토]로 바꿔나갔다.

수분을 머금어 잘 뭉쳐진 점토를 마기 씨가 쓰기 편하게 끔 한 덩어리로 만들어 늘어놓았다.

"윤 군은 백자를 만들고 싶지? 여기에 뭘 넣으면 돼?"

"저기, [모래 결정]하고 뼛가루를 섞으면 될 거예요."

"뼈라면 본 차이나 같은 느낌인가? 알았어~."

콧노래를 흥얼거리며 내가 [아트리엘]에서 가져온 [모래 결정] 가루와 뼛가루를 섞기 시작한 마기 씨.

회색에 가까웠던 점토가 약간 하얘지자 좀 기대되는 마음이 생겼다.

"앗, 그렇지. 나도 만들고 싶은 게 있어서 그런데 만들어도 될까?"

"상관없긴 한데요, 뭘 만드실 거예요?"

"아니, 외각의 틀을 이 점토로 뜰 수 없을까 싶어서. 틀이 있으면 백자 외각을 만들 때 거기에 맞추기만 하면 될 테니까."

"괜찮네요. 만들어볼까요?"

남은 점토를 세 개 정도 잘 뭉쳐서 공기를 빼고 거기에 시험 제작한 철제 외각을 맞춰서 틀을 떴다.

그런 다음 점토 판자와 그 틀의 수분을 건조 스킬로 날려 보내고 양쪽 다 마법로에 넣어 초벌구이를 했다.

그동안 도자기 강도를 더욱 높여주는 유약을 만들기 위해 [도예 점토] 덩어리 중 10분의 1을 대량의 물에 녹이고 그 안에 [모래 결정] 가루와 뼛가루를 섞었다.

"초벌구이를 한 다음에 유약을 바르고 한 번 더 구우면 완성된다는데, 괜찮으려나."

"뭐, 할 수 있는 대로 해보면 되지 않을까? 그건 그렇고 누나도 이 나이에 점토를 주물거리면서 진흙투성이가 될 줄은 몰랐네."

마기 씨는 그렇게 말하면서도 얼굴과 옷에 진흙을 묻힌 채 즐겁게 유약을 섞고 있었다.

"그런데 도자기 말이지…… 제대로 써먹을 수 있을까?"

"글쎄요. 액세서리로는 써먹을 수 있는 모양인데."

유약이 완성되자 초벌구이한 도자기와 외각의 틀을 마법로에서 꺼내 완전히 식힌 다음 유약을 발라 다시 마법로에 넣었다.

그것이 다 구워질 때까지 나는 마기 씨와 함께 남은 점토로 액세서리를 만들 수 없을지 여러모로 시험해보았다.

염주처럼 한가운데에 끈을 넣을 구멍을 뚫은 동그란 구체나 나이프를 사용해 자기 마음에 드는 모양으로 깎아낸 점토판 등, 여러 가지 액세서리용 파츠를 만들어보았다.

"본 액세서리 같은 것하고도 상성이 좋을 것 같네요."

"그렇지. 돌 같지만 유약의 광택 덕분에 어떤 민족 액세서리 같은 느낌이 날 것 같아."

"아~, 그럼 다음에 만들어볼까."

"후훗, 누나도 도자기 액세서리를 연구해볼까?"

이러쿵저러쿵 이야기하던 동안 도자기 판자와 외각의 틀이 다 구워졌기에 마법로에서 꺼냈다.

그 도자기의 색을 보고 나는 감탄하며 소리쳤다.

"오오! 새하얗네! 그리고 표면이 확실하게 매끌매끌한 데다 윤기도 있고."

"대단하네. 그래도 강도 쪽은 좀 불안한데."

내가 시험 제작품의 질을 보고 기뻐하는 한편, 마기 씨는 강도 쪽이 불안하다며 걱정했다.

"저는 관상용을 만들 생각으로 시험해보고 있기도 하니

어쩔 수 없을 거예요."

"음~. 그래도 역시 실용성이 어느 정도 있었으면 하거든."

그 뒤로 빈 마법로에 둘이서 액세서리용으로 형태를 만든 점토를 넣었고, 그것이 다 구워지기까지 외각의 틀이나 백자 판자를 확인하며 숨을 돌렸다.

그런 와중에 마기 씨가 내게 문득 어떤 질문을 했다.

"그러고 보니 윤 군, 요즘에는 계속 [조금] 센스를 집중적으로 단련했잖아. 지금은 몇 정도야?"

"저기…… 지금은 34레벨이에요."

"오오, 6이나 올랐네. 그럼 이따가 미스릴 주괴 맞메질해 볼래? [기계장치 마도인형]의 동력이 될 태엽을 미스릴로 만들고 싶으니까 도와줬으면 하는데."

"미스릴 주괴를 만들려면 레벨이 35는 되어야 하죠? 제가 도와도 되나요?"

아직 정해진 레벨에 도달하지 못했기 때문에 마기 씨에게 물어보았지만, 괜찮다는 듯이 손을 저으며 대답하는 마기 씨.

"맞메질은 레벨이 더 높은 쪽이 우선시되고, 단순한 레벨보다는 스테이터스나 플레이어 스킬이 중요하니까. 윤 군이라면 괜찮을 거야."

그때, 액세서리용 도자기가 다 구워졌고, 마기 씨는 그것을 마법로에서 꺼내는 나와 이야기를 하는 한편, [기계장치 마도인형]의 도면에 그려져 있는 태엽과 인형 안에 내장되어 있는 동력기구, 그리고 실제 [기계장치 마도인형]의 구멍을 비교하며 형태와 사이즈를 확인하고 설계도를 준비했다.

태엽 구멍은 육각형이었고, 직경 3센티미터, 깊이는 7센티미터.

형태와 크기가 그 구멍에 맞는 태엽의 손잡이 부분은 숫자 8을 옆으로 눕힌 모양이었고, 두께 5밀리미터, 세로폭 7센티미터, 가로폭 13센티미터, 그렇게 두 손으로 돌리기 편한 크기로 만들게 되었다.

손잡이에서 육각형 본체로 이어지는 부분이 부러지기 쉽다는 것을 고려하여 본체를 조금 길게 만들고 손잡이와의 경계를 두껍게 만들어서 약간 투박한 디자인으로 정했다.

"좋았어! 이렇게 만들어보자! 윤 군, 도와줘."

"알겠어요. 순서는 어떻게 하실 건가요?"

"본체하고 손잡이를 따로 만들고, 나중에 용접하는 형태로 할 거야!"

나는 인벤토리에서 흑철제 쇠망치를 꺼내 돕기 위한 준비를 갖추었다.

우선 미스릴 주괴를 마법로에 넣고 붉게 달아오른 것을 본 뒤 마기 씨가 마법로에서 꺼냈고, 내가 마기 씨에게 미리 받은 삼각기둥 모양 금속 덩어리를 거기에 대고 눌렀다.

"윤 군, 두들겨서 파고들게 만들어!"

"네!"

붉게 달아오른 미스릴 주괴 위에 삼각기둥 모양 금속 덩어리를 옆으로 눕히고 모서리를 세운 다음 그 위를 흑철제 쇠망치로 일정하게 때려 파고들게 만들었다.

"하아아앗!"

그동안에도 온도가 점점 내려가 은빛과 경도를 되찾은 미스릴 주괴. 거기에 파고든 삼각기둥 모양 금속덩어리 위에 마기 씨가 흑철제 해머로 무거운 일격을 때려 넣었다.

완전히 식기 전에 삼각기둥 모양 금속 덩어리로 인해 잘린 미스릴 주괴를 다시 마법로 안에 넣고 붉게 달군 다음 꺼내서 다시 삼각기둥 모양 금속 덩어리를 파고들게 만든 뒤에 사각형 두 개로 잘랐다.

그렇게 태엽을 만드는 데 필요한 금속을 세 개 만들어냈다.

"이제 실패해도 수정이 간단할 것 같은 손잡이부터 만들까? 우선 주괴를 손잡이의 두께 5밀리미터로 편 다음에 형태를 만들자."

나는 마기 씨의 지시에 따라 미스릴 주괴를 가공했다.

마기 씨의 주 역할은 해머로 일격을 날리는 것이었기에 나는 미스릴 주괴를 마법로에 넣고 꺼내기, 그리고 미세한 조정을 하기 위해 흑철제 쇠망치를 휘두르는 것을 맡았다.

한쪽만 두드리다 보면 미스릴 판이 휘어지기 때문에 정기적으로 뒤집어 두께가 균등해지게끔 두들겨서 형태를 만들었다.

그렇게 점점 얇게 늘어난 은빛 미스릴 판이 두께가 5밀리미터로 일정한 금속판이 되자, 이번에는 숫자 8을 옆으로 늪힌 형태로 만들기 위해 마기 씨가 튼튼한 흑철제 가위를 꺼낸 뒤 아직 붉게 달아올라 부드러울 때 힘껏 형태에 맞게 잘라나갔다.

"윽! 부드러운 상태라도 역시 자르기 힘들구나. 윤 군, 한 번 더 달궈줄래?"

"알겠어요."

그렇게 미스릴이 식어서 자르기 힘들어질 때마다 내가 다시 마법로에 넣었고, 뜨거워지면 다시 꺼낸 다음 마기 씨가 자르는 것을 여러 번 반복해서 조금씩 이상적인 형태에 가까워졌다.

그리고 태엽 본체와 접합시킬 부분인 구멍을 그 8자 모양 미스릴 판의 가운데, 그것도 세로 방향으로 육각형 구멍을 뚫기 위해 끄트머리가 뾰족한 육각형인 금속제 말뚝을 마기 씨가 꺼내서 판의 측면 중앙에 가져다댔기에 우선 내가 쇠망치로 몇 번 두드려서 그 끄트머리를 박아 넣었고, 마지막으로는 마기 씨가 온 힘을 다해 날린 일격으로 판에 구멍을 뚫었다.

그렇게 만든 태엽 손잡이를 일단 식혔다. 모양은 나중에 마기 씨가 줄질을 해서 다듬는다고 하니 지금은 그대로 놓아두기로 했다.

"자, 이번에는 태엽의 본체니까 힘은 별로 필요 없을 거야. 우선 실물보다 좀 더 큼직한 막대기 형태로 만들자."

나는 마기 씨의 신호에 따라 태엽을 만들고 남은 미스릴 주괴를 마법로에 넣고 붉게 달아올라 부드러워진 다음에 꺼냈다.

이번에는 얇은 판 형태가 아니라 막대기 형태로 만들 필요가 있었기에 마기 씨가 해머를 놓고 쇠망치를 들었다. 나는 내 쇠망치를 집어넣고 마기 씨가 휘두르는 쇠망치와 미스릴 주괴의 위치를 조정하고 미스릴의 온도를 관리하는데 집중했다.

까앙, 까앙, 쇠망치가 휘둘러질 때마다 조금씩 형태가 변하는 미스릴 주괴가 식으면 내가 마법로에 다시 넣고 달군 뒤 꺼냈다. 항상 다른 면을 두들길 수 있게끔 매번 90도 회전시켜서 마기 씨 앞에 내미는 미스릴 주괴가 서서히 막대기 형태로 늘어나기 시작했다.

네모난 모양이었던 미스릴 주괴가 우선 직경 3센티미터의 막대기 모양으로 늘어났고, 그 다음에는 길이 7센티미터 정도의 육각기둥으로 서서히 변해갔다.

마기 씨는 두들기는 것에 집중하고 있기 때문에 금속이 일그러지는 것과 크기, 길이 같은 것들은 내가 눈으로 보며 수정해나갔다.

그리고——.

"휴우, 마기 씨. 일단 완성이에요."

"윤 군, 고생했어. 식어서 굳으면 태엽 구멍에 맞춰봐. 깎아내야만 하는 부분이 있으면 줄질로 다듬어서 손잡이에 붙일 거야."

미스릴 태엽 파츠가 다 완성되자 마기 씨가 수건으로 땀을 닦고 차가운 음료수로 달아오른 몸을 식히고 있었다.

나도 땀에 젖은 몸을 마기 씨에게 받은 수건으로 닦으며 센스 스테이터스를 확인해보니 [조금] 센스의 레벨이 1 올라 35가 되어 있었다.

이제 회색 미스릴 주괴에서 한 단계 더 나아간 은빛 미스릴 주괴를 만들 수 있고, 마법금속과의 합금까지 진도를 나갈 수 있다.

이제야 겨우 미스릴 합금 배못을 만드는 시작지점에 설 수 있게 되었다고 한숨을 쉬는 나.

"윤 군, 보아하니 레벨이 오른 모양이구나."

"네. 그런데 지금까지 한 작업을 따지자면 마기 씨 혼자서도 할 수 있지 않았나요?"

"뭐, 할 수야 있긴 하지만 미스릴을 가공하는데 필요한 마법로의 온도 때문에 입게 되는 [열기 대미지]가 은근히 아프니까 도와달라고 해서 빨리 끝내는 게 제일이거든. 그리고 미스릴 금속의 위치 조정이나 온도 관리를 윤 군에게 맡기고 나는 금속을 두드리는데 집중할 수 있어서 편했어. 고마워."

그렇게 말하고 아~ 라고 말하며 무방비하고 단정치 못하게 의자에 앉은 마기 씨를 보고 나는 쓴웃음을 지으며 조용히 [기계장치 마도인형]이 있는 쪽을 보았다.

"이러쿵저러쿵해도 수리가 끝나는 게 얼마 남지 않았네요."

"그렇지. 누나는 중간에 에밀리가 [용의 부활] 때문에, 레티아하고 벨은 [수룡의 알]을 부화시키느라 직접 이쪽을 도와주지 못한 게 아쉽긴 하지만."

그렇게 말하고 쓸쓸하다는 듯이 한숨을 쉰 마기 씨.

"그래도 은근히 도와줬잖아요? 에밀리 양하고 벨은 광석 수집하는 걸 도와줬죠?"

"그래. 그게 의외로 크긴 했지. 덕분에 미스릴 같은 걸 잔뜩 쓸 수 있었고."

내가 떠올린 것은 나와 마기 씨가 이 공방에서 [기계장치 마도인형]을 수리하면서 있었던 일들이다.

[기계장치 마도인형]의 파츠를 닦거나, [조금] 센스 레벨을 올리는 것을 도와달라고 하거나, 이번에 맞메질을 한 것도 인상 깊은 일이지만 그것도 이제 곧 끝나게 된다.

"자, 그럼 [기계장치 마도인형]을 마무리 하는 건 내가 맡을 테니까 윤 군은 다른 사람들에게 선보일 준비를 해줄래?"

에밀리하고 레티아, 벨 같은 사람들을 부르고 싶어, 그렇게 말하며 웃는 마기 씨에게 나는 고개를 끄덕였다.

"알겠어요. 사람들에게 연락해서 일정을 맞춰볼게요."

"응, 부탁해. 나는 나머지 외각을 바로 마무리 짓고 언제든지 기동시킬 수 있는 상태로 만들어둘게."

의욕이 생긴 마기 씨는 테이블에 올려두었던 쇠망치를 들고 손바닥으로 빙글빙글 돌린 뒤 다음 [기계장치 마도인형]의 외각을 작업하러 나섰다.

나는 바로 에밀리 양과 다른 사람들에게 연락을 했고, [기
계장치 마도인형]을 선보이는 날은 사흘 뒤로 정해졌다.

6장   폭주와 자폭

그날, 마기 씨의 가게인 [오픈 세서미]는 대절된 상태로 소소하게 마도인형을 선보이는 자리를 가질 예정이었다.

[소재상] 에밀리 양이 넓은 가게 쪽으로 옮겨서 외각 파츠 장착 전 상태까지 정비한 [기계장치 마도인형]을 보고 감탄하며 말했다.

"호오, 그 파츠가 전부 모이면 이렇게 되는구나."

"응. 이제 외각을 장착하고 기동시키기만 하면 돼."

홀쭉한 프레임은 마법 느낌이 나는 동력선의 녹색 빛으로 희미하게 빛나고 있었다.

마기 씨는 외각을 하나하나 확인하면서 장착해나갔다.

팔을 보호하는 외각은 미스릴로 가늘게 만들었고, 손 쪽에 자잘한 부분은 미스릴이 아닌 흰색 외각을 붙여서 홀쭉한 손가락을 두툼하게 만들었다.

"저건……."

설마, 백자? 그렇게 생각하며 고개를 기울여 확인하려고 했을 때 뒤에서 목소리가 들렸다.

"초대해주셔서 감사합니다?"

"야호~! 나하고 레티아가 보러 왔어~."

입구에서 그렇게 말하는 소리를 듣고 돌아보니 가죽 가방에 [수룡의 알]을 넣은 채 배 앞에 끌어안고 있는 레티아와 고양이 귀 카츄샤, 그리고 글러브를 낀 채 손을 흔들고 있는 벨이 보였기에 손짓하여 불렀다.

"죄송합니다. [용의 부활]을 도와주셨는데, [기계장치 마도인형]을 수리하는 걸 도와드리지 못해서요."

"냐하하~, 나도 광석하고 [잡동사니]를 모으는 것밖에 못 해줘서 미안해~."

레티아는 그렇게 사과하며 고개를 숙였고, 벨은 미안하다는 듯이 쓴웃음을 지었다. 두 사람이 온 것을 눈치챈 마기 씨가 외각을 계속 장착하면서 대답했다.

"신경 쓰지 마. 그쪽도 바쁠 텐데 광석하고 파츠를 모아줘서 고마워. 덕분에 여러 가지로 실험을 할 수 있었어. 이쪽은 아직 준비할 게 남았으니까 조금만 기다려."

마기 씨가 활짝 웃으며 말한 실험이란 각 파츠의 내구도 실험이었고, 어떤 종류의 외각을 장착한 부위가 대미지를 어느 정도 받으면 파손되는지 검증하는 실험 때는 에밀리 양과 레티아 같은 사람들이 모아준 파츠가 유용했다.

"그래, 그럼 다행이네."

""도움이 된 것 같아 다행이야~(이에요).""

그렇게 말하며 밝게 웃는 에밀리 양 일행.

한편, 마기 씨가 빠르게 외각을 대부분 다 장착시켰다.

예상하고 있긴 했지만 실제로 거의 완성된 [기계장치 마도인형]을 보고, 나는 무심코 말을 꺼냈다.

"역시 여성형인가? 내가 보기에는 이 모습은 좀, 뭐라고 해야 하나……."

"뭐, 윤 군이 하고 싶은 말이 뭔지는 알겠어."

[기계장치 마도인형]의 골격을 보고 뮤우가 여자애라는 설을 주장했고, 나 자신도 여성형일지도 모르겠다고 생각했는데, 실제로 외각을 장착시키니 확실히 소녀 같은 인상이 강해졌다.

저렇게 가녀린 소녀 같은 인형이 옷을 입고 있지 않으니 좀 안타깝게 느껴진다.

"후후훗, 윤 군이 그렇게 말할 줄 알고 클로드에게 부탁해 두었지요!"

짜잔, 마기 씨가 그렇게 말하며 인벤토리에서 꺼낸 것은 갈색 기모노와 녹색 띠를 두른 전통복이었다.

삿갓처럼 생긴 머리 파츠와 함께 [기계장치 마도인형]에 가져다대 보니 여자 사무라이 같은 인상이었다. 좀 남자 같은 느낌도 들긴 하지만 괜찮은 것 같기도 했다.

"이걸 이 아이한테 입혀서…… 아니, 어라? 잘 입힐 수가 없네."

팔을 들어 올리고 소매에 넣으려 했지만 잘 되지 않아서 고생하는 마기 씨를 돕기 위해 우리가 다가갔다.

온몸의 힘이 빠져 죽 늘어진 [기계장치 마도인형을] 마기 씨가 뒤에서 안아 들었고, 레티아와 벨은 기모노 옷자락이 바닥에 닿지 않게끔 들고 있는 동안 나와 에밀리 양이 소매에 팔을 넣었다.

그 뒤로는 내가 옷차림을 다듬어주고 띠를 둘렀다.

마무리로 마기 씨가 허리에 칼을 채워주니 여자 사무라이 인형이 완성되었다.

말은 그렇게 했지만 발에는 가죽 부츠, 손에는 면장갑을 껴서 외각으로 덮지 못한 관절부를 가렸기 때문에 전통복 차림이라고 하기에는 좀 아닌 것 같기도 하지만 꽤 사람과 비슷한 모습이었다.

그리고 마기 씨는 노출된 얼굴과 목의 외각에도 미스릴이 아니라 손 쪽과 마찬가지로 백자를 의식해서 사용했는지 하얀 얼굴과 목덜미에서 인간 같은 느낌이 드러났다.

"이렇게 보니 머리의 삿갓 모양 파츠가 투박하네요. 고개를 숙이면 눈이 완전히 가려지겠어요."

"그렇지~. 그래도 복장하고 합쳐보니 그것도 왠지 분위기가 사는 것 같은데~?"

완성된 [기계장치 마도인형]의 모습을 한 발짝 물러나서 바라보고 감상을 말한 레티아와 벨.

"그럼 준비도 다 되었으니 태엽을 감아서 기동시킬게."

마기 씨가 한 말을 듣고 모두가 기대하며 [기계장치 마도인형]이 기동하기를 기다렸다.

마기 씨는 [기계장치 마도인형]의 뒤쪽으로 돌아가 목 뒤에 있는 태엽 구멍에 미스릴로 만든 육각형 태엽을 끼우고 힘을 꽉 줘서 오른쪽으로 비틀며 돌리기 시작했다.

조금씩 태엽이 감길 때마다 외각으로 덮이지 않은 관절부의 마법 느낌이 나는 동력선이 조금씩 빛나기 시작했다.

마법 느낌이 나는 동력선이 강하게 빛났고, 마기 씨도 더이상 태엽을 돌릴 수가 없게 되었기에 태엽에서 손을 살며시 떼자 목 뒤에 있던 태엽이 천천히 역회전하기 시작했고, 그에 맞춰 삿갓 머리 파츠 안쪽에서 끼릭끼릭 가동되는 소리가 들렸다.

"움직이나?"

정면에서 침을 삼키며 지켜보던 우리 앞으로 [기계장치 마도인형] 뒤에 있던 마기 씨가 돌아와서 함께 기동되는 순간을 기다렸다.

그리고——.

"오, 손가락 끝이 움직였어!"

힘없이 축 늘어져 있던 손이 움직이기 시작했고, 앉혀두었던 의자에서 일어섰다.

『자립형 기계장치 마도인형 기동.』

숙이고 있던 고개를 들고 무거워 보이는 삿갓 같은 머리 파츠에 가려져 있던 인형의 눈동자에 우리가 비쳤다.

"해냈다! 나 알아보겠어? 너를 수리했는데……."

『등록자를 검색중—— 검색한 결과, 해당자 없음. 부정 기동을 확인.』

"어라? 왠지 살벌한 말이 들린 것 같은데."

마기 씨가 [기계장치 마도인형]이 무사히 기동된 것으로 인해 기뻐서 짓고 있던 환한 미소는 지금 굳어 있었다.

"나도 왠지 위험한 느낌이 들어……."

기분 나쁜 예감이 든 나는 근처에 있던 에밀리 양과 [수룡의 알]을 끌어안고 있던 레티아를 [기계장치 마도인형]의 정면에서 벗어난 곳으로 살며시 유도했다.

그리고 겨우 직접공격 범위 밖으로 벗어난 순간, [기계장치 마도인형]이 본격적으로 움직이기 시작했다.

『지금부터 보유무장을 사용하여 부정 기동자의 배제를 실행합니다.』

레티아보다 더 표정의 희박하고 차가운 인형의 눈동자로 마기 씨를 본 다음 [기계장치 마도인형]이 허리에 차고 있던 칼을 뽑아들고 휘둘렀다.

"마기 씨?!"

"나한테 맡겨!"

달려드는 [기계장치 마도인형]과 마기 씨 사이에 뛰어들어 허리에 차고 있던 쇠지레를 뽑아들고 [기계장치 마도인형]의 칼날을 막아내는 벨.

아슬아슬하게 칼과 쇠지레를 맞대고 있던 와중에 두 손으로 쇠지레를 받치고 있는 벨과는 달리 한 손으로 힘껏 밀어붙이는 [기계장치 마도인형].

"이거…… 힘들겠는데."

"벨!"

마기 씨가 자신을 구해준 벨의 뒤에서 말을 걸었지만, 마기 씨의 목소리에 반응할 만한 여유가 없는지 벨은 계속 무기를 맞대기만 했고——.

"이런?!"

『부정 기동자의 배제 방해를 확인. 방해자가 부정 기동에 관여한 것을 인정하고 준 배제 대상으로 등록.』

"《인챈트》—— 디펜스!"

나는 [간파] 센스의 강한 반응을 느끼고 기분 나쁜 예감이 들어 재빨리 벨에게 물리방어 상승 인챈트를 걸었다.

무기를 맞대는 자세를 취하고 있다가 [기계장치 마도인형]이 단숨에 칼날을 끌어당겼기에 벨이 균형을 잃고 앞쪽으로 비틀거렸고, 무방비한 그녀의 배를 향해 [기계장치 마도인형]이 살짝 왼쪽 다리를 날렸다.

그 직후, 휘두른 [기계장치 마도인형]의 발끝 움직임을 간파하지 못한 벨이 발차기의 풍압과 함께 [오픈 세서미]의 입구 바깥으로 걷어차여 날아갔다.

『준 배제 대상자의 배제 방해를 확인. 방해자를 제3위 배제 대상으로 인정하고 경고 대상으로 등록.』

[기계장치 마도인형]이 차가운 눈으로 나를 보았고, 그 무기질적인 표정과 말투로 한 말을 들은 나는 식은땀을 흘렸다.

『경고합니다. 더 이상 방해하는 것은 부정 기동에 관여한 것으로 인정하고 배제 대상으로 격상됩니다. 반복합니다——.』

내게 경고하는 [기계장치 마도인형]을 보고 경고 대상이 아닌 에밀리 양과 레티아가 휘말리지 않게끔 내가 조금씩 두 사람에게서 물러나자, 마기 씨가 그 두 사람에게 뒷문으로 도망치라고 지시를 내렸다.

　두 사람이 가게의 뒷문 쪽으로 간 것을 지켜보고 나서 나와 마기 씨가 나란히 서자 [기계장치 마도인형]이 다시 움직이기 시작했다.

　『방금 행동으로 인해 제3위 배제 대상자에게 부정 기동자와 함께 싸울 의사가 있다고 판단하여 지금부터 준 배제 대상자로 삼고 배제를 실행합니다.』

　그렇게 말한 다음 단숨에 우리들에게 달려들면서 칼을 뽑은 [기계장치 마도인형].

　나와 마기 씨가 급하게 그 자리에 주저앉아 머리 위를 스친 참격을 피해 안심한 것도 잠시, 이번에는 내 바로 앞으로 신발 밑창이 날아들고 있었다.

　칼을 뽑은 기세를 그대로 살린 돌려차기가 내 얼굴로 날아들었고, 나는 두 팔을 교차시켜 그것을 막아냈다.

　(크윽, 묵직하네──.)

　그때, 빠직거리는 소리와 함께 가지고 있던 [대신하는 보옥의 반지]에 금이 가며 내 대미지를 무효화시켰다. 하지만 발차기의 기세를 막지는 못했고, 나는 벨과 마찬가지로 [오픈 세서미]의 바깥으로 날아가 버렸다.

　"끄으…… 아프다."

　보기보다 빠른 참격과 묵직한 타격을 맞고 큰길까지 날아온 나와 벨 주위로 사람들이 모여들기 시작하고 있었다.

　"벨, 괜찮아?"

"잠깐 [기절]했지만, 포션을 썼으니까 괜찮아. 윤 씨는?"

"액세서리로 공격을 무효화시켰으니까 괜찮아. 하지만 두 번 소비했어."

강렬한 돌려차기 일격과 큰길로 내동댕이쳐졌을 때 입은 지형 대미지로 인해 세 번 사용할 수 있는 [대신하는 보옥의 반지]의 대미지 무효화를 두 번이나 써버렸기 때문에 남은 건 한 번뿐이다.

그리고 나와 벨이 가게 안으로 돌아가려고 일어선 참에 이번에는 마기 씨가 우리와 마찬가지로 날아온 것이 보였기에 벨과 함께 받아냈다.

"마기 씨, 괜찮으세요?!"

"윤 군, 고마워. 그런데 설마 수리한 우리를 습격할 줄이야……."

"그건 그렇고 레티아하고 에밀리는 괜찮아? 안은 어떻게 되었어?!"

벨은 아직 가게 안에 남아 있을 거라 생각한 두 사람을 걱정했지만 두 사람에게 뒷문으로 도망치게끔 했으니 괜찮다고 말했다.

그런 우리들을 구경꾼 플레이어들이 멀리서 둘러싸고 지켜보는 와중에 [오픈 세서미] 안에서 우리를 노리는 [기계장치 마도인형]이 천천히 걸어 나왔다.

『배제 대상 및 준 배제 대상의 생존을 확인. 배제를 속행합니다.』

억양이 없는 목소리로 담담하게 내리는 사형선고.

마기 씨는 아직 좀 비틀거리면서도 바로 우리와 눈을 마주 보고 고개를 끄덕였다.

"여기에는 사람들이 많아서 싸울 수가 없으니까 마을 바깥으로 도망치자!"

"큰길로 도망치면 금방 따라잡힐 텐데요, 어떻게 하죠?!"

"그럼 내가 뒷골목과 건물을 이용한 도주 루트로 안내할게!"

"좋아! 부탁할게!《존 인챈트》── 스피드!"

벨이 앞서서 달려갔고 나는 나 자신과 마기 씨, 벨에게 동시에 속도 인챈트를 건 다음 [기계장치 마도인형]에게서 도망치기 시작했다.

『배제 대상의 도주를 확인. 지금부터 추적합니다.』

그 목소리를 듣고 달려가면서 돌아보자 [기계장치 마도인형]이 터무니없는 속도로 쫓아왔다.

"어떻게 저렇게 빨리 뛸 수 있는 거야?! 이상하지 않나?!"

나는 무표정하게 쫓아오는 [기계장치 마도인형]을 보고 전율했다. 전통복을 입힐 때 들어 올린 팔의 무게를 감안하면 외각을 장착한 [기계장치 마도인형]은 꽤 무거울 텐데──.

그런 내 반응을 보고 마기 씨가 껄끄러운 듯이 중얼거렸다.

"아~, 원인은 그건가?"

"마기 씨, 뭔가 넣었어요?!"

앞서가는 벨을 따라 큰길에서 좁은 뒷골목으로 들어가며

마기 씨의 이야기를 들었다.

그런 우리를 뒤에서 쫓아오는 [기계장치 마도인형]은 추적하는데 걸리적거리는 플레이어들을 가벼운 몸놀림으로 이리저리 피했고, 가끔 피하기 힘든 경우에는 뛰어올라 플레이어의 머리 위를 뛰어넘었다.

"실은 다리 쪽 외각에 용수철을 넣었거든. 질주하는 동안에는 발바닥에 달린 용수철의 반발력으로 점점 가속할 테니 지금처럼 꽤 빠른 속도를 낼 수 있는 모양이야!"

"그래서 돌려차기의 충격이 그렇게 강했구나!"

"그래서 칼을 뽑을 때 기세가 그렇게 강했구나!"

나와 벨은 경악하고 납득하며 소리쳤다.

하지만 그 사실을 알았다고 해서 [기계장치 마도인형]의 약점을 알아낸 것은 아니다.

"마기 씨! 윤 씨! 다음 모퉁이를 돌아가!"

"알았어, 아니, 막다른 길이잖아!"

"여기가 맞아! 윤 씨! 발판!"

"윽?! 그렇구나! ──《클레이 실드》!"

나는 뒷골목 막다른 길에서 토벽을 만들어냈다.

솟구치는 토벽 위로 올라탄 벨이 그렇게 상승하는 속도에 맞춰 높게 뛰어올라 양쪽 건물 벽을 번갈아가며 박차고 건물 위로 올라갔다.

"둘 다 밧줄을 내려줄 테니까 얼른 올라와!"

벨은 바로 건물 위에서 밧줄을 내려주었고, 나와 마기 씨가 그것을 붙잡고 올라갔다.

올라간 곳은 3층 건물 옥상 위였고, 일반적으로는 쉽게 올라오지 못할 높이였다.

실제로 우리가 건물 옥상으로 올라온 직후에 뒷골목에 도착한 [기계장치 마도인형]도 내가 만들어낸 토벽을 부수고 주위를 둘러본 뒤 우리가 있는 옥상을 보며 멈춰 서 있었다.

"우선 여기로 올라왔으니 쉽게 쫓아오지 못하겠지. 둘 다 고생했어."

"허억, 허억. 좀 지쳤어. 하지만 또 어딘가를 통해 쫓아오겠지."

"쫓아온다고 해도 멀리 돌아와야 할 테니까 어느 정도 시간은 벌 수——."

마기 씨가 기대를 담아 이야기하던 와중에 쿵, 쿵, 쿵, 뒷골목에 그런 소리가 울렸다.

기분 나쁜 예감이 들어 셋이서 함께 아래를 내려다보니 아직 뒷골목에 남아 있었던 [기계장치 마도인형]이 발바닥에 달린 용수철의 반동을 이용한 수직 점프를 여러 번 반복하고 있었다.

그리고 어느 정도 높이에서 착지했을 때, 다리 외각 곳곳에 내장된 용수철이 단숨에 움츠러든 것처럼 끼릭거리는 소리가 이쪽까지 들렸다.

그리고——.

""""""뛰, 뛰었어?!""""""

세차게 수직으로 뛰어오른 [기계장치 마도인형]은 우리 눈앞을 뛰어넘어 뒤쪽 지붕에 착지했다.

착지한 충격으로 인해 기와지붕이 좀 부서지고 발목까지 파묻혔지만, 확실하게 쫓아왔다.

"오오, 외각을 만든 나도 설마 저 정도의 스펙을 발휘할 줄은 몰랐는데……."

"아, 아무튼 도망칠 수밖에 없어! 마기 씨도 그렇고 윤 씨도 멍하니 있지 말고 가자!"

"으윽, 이렇게 쫓기는 건 싫다고오!"

무표정한 인형이 은근히 호러 영화 같고, 미래에서 온 안드로이드가 계속 끈질기게 쫓아와서 습격하는 영화가 있었는데, 볼 때는 재미있었지만 설마 내가 그런 꼴이 될 줄은 몰랐다.

우리는 [기계장치 마도인형]이 기와지붕으로 인해 애를 먹고 있는 동안 도망치기 시작했지만, 곧바로 움직이기 시작한 [기계장치 마도인형]은 금방 지붕 위에서 뛰어내려 우리를 쫓아왔다.

●

"허억, 허억…… 여기까지 오면 요격할 수 있으려나."

마기 씨가 숲의 바위에 몸을 기대고 숨을 돌렸다.

우리는 몇 번이고 [기계장치 마도인형]의 공격을 받으며 겨우 제1마을 동문을 지나 근교의 숲으로 들어올 수 있었다.

마을 안에서는 상관없는 플레이어와 NPC에게 미칠 영향을 고려하여 사용하지 않았던 아이템을 마을 밖으로 나선 순간 잔뜩 썼다.

사용한 것은 광속성 마법약인 섬광액과 암속성 마법약인 소암액, 그리고 연막과 [클레이 실드]의 매직 젬 등 물리적, 마법적인 눈속임을 써서 도망칠 수 있었다.

"그런데 어떻게 싸울 거야? 아니, 저걸 어떻게 멈출 수 있는데?"

벨의 소박한 의문.

실제로 수리에 관여한 나와 마기 씨는 그 대답을 알고 있다.

"방법은 두 가지야. 한 가지는 팔다리 파츠를 파괴해서 움직이지 못하게 하는 방법."

"다른 한 가지는 목 뒤에 끼운 태엽을 빼서 기능정지를 노리는 방법이지."

나와 마기 씨가 한 말을 듣고, 벨이 생각에 잠긴 듯한 표정을 지었다.

"저렇게 강하니 대등하게 싸우는 건 힘들 것 같은데? 어떻게 뒤로 돌아갈 거야?"

"도망칠 때 내가 썼던 눈속임이 효과적이었던 걸 보니 아마 색적을 시야에 의존하고 있는 것 아닐까?"

"그리고 상대는 한 대니까 우리가 양쪽으로 나뉘면 한쪽만 쫓아올 수 있지."

지금까지 보았던 공격방법은 직접적인 물리공격뿐이다. 내부의 마법 느낌이 나는 동력선도 [기계장치 마도인형]의 파츠를 움직이는 데만 쓰이고 있는 상태이고 그것 말고 마법을 만들어내는 기구는 없었으니 범위 마법 같은 것은 쓰지 못할 것이다.

그밖에도 서로 눈치챈 것들을 이야기해나갔다.

그렇게 모인 정보를 통해 작전을 대충 짜고 실행할 준비가 끝난 참에 내 [간파] 센스가 [기계장치 마도인형]의 존재를 포착했다.

상대의 색적 범위가 나보다 좁아서 그런지, 아니면 내가 장비하고 있는 오커 크리에이터의 추가효과인 [인식저해]가 효과를 발휘하고 있는지, 이유는 잘 모르겠지만 [기계장치 마도인형]은 아직 우리를 찾아내지 못한 채 숲속을 둘러보며 이동하고 있다.

"그럼, 작전을 개시하자."

마기 씨가 작은 목소리로 신호하자, 우리는 작전 행동을 시작했다.

『——도주 중인 배제 대상자와 준 배제 대상자를 포착. 배제 대상자의 배제를 우선적으로 실행합니다.』

바위 그늘에 숨어 있던 우리는 나와 마기 씨, 그리고 벨, 이렇게 양쪽으로 나뉘어서 각각 숲속을 반대방향으로 뛰어가기 시작했다.

칼을 빼들고 있던 [기계장치 마도인형]은 배제 우선순위

라는 어그로 수치 때문에 나와 마기 씨가 있는 쪽으로 돌진해 왔다.

"──[봄], [클레이 실드]!"

나는 지형을 이용할 수 있는 숲속을 뛰어가면서 쫓아오는 [기계장치 마도인형]의 진로상에 매직 젬을 뿌리고 마법을 발동시켰다.

좀 전에 뒷골목에서 토벽을 칼로 부순 것을 보아서 알고는 있었지만, 주먹으로 봄의 폭발을 없애버리는 [기계장치 마도인형]을 보고 나는 경악했다.

"잠깐, 마법을 주먹으로 없애다니. 그게 대체 뭐야?!"

"아, 혹시 그건가?"

"그거라뇨?!"

"윤 군이 가르쳐준 도자기를 만드는 법, 내가 나름대로 연구했거든. 그래서 미스릴 가루를 사용해서 만든 [미스릴 세라믹]을 [기계장치 마도인형]의 양손하고 얼굴, 목에 써봤어. 혹시 마법 내성이 그 부분만 높은 건지도 모르겠네!"

"진짜로……."

마기 씨가 나중에야 밝힌 [기계장치 마도인형]의 예상을 뛰어넘은 깜짝 기능.

그렇다면 하급 공격마법은 맨손으로 없앨 수 있다는 뜻이다.

"마법에 대항수단이 있다면 이건 어때! 《커스드》── 어택, 디펜스, 스피드!"

공격, 방어, 속도, 그렇게 삼중 커스드를 [기계장치 마도인형]에게 걸었다.

삼중 약체화 커스드의 직접적인 반응은 보이지 않았지만, 공격과 방어 커스드는 성공했고 속도 커스드는 저항에 걸렸다.

그 모습을 본 나는 [미스릴 세라믹]으로 대항할 수 있는 것은 공격계열 마법뿐이고, 속도 커스드가 실패한 이유는 단순히 커스드를 계속 성공시켰기 때문에 약체화 성공 확률이 낮아진 것뿐이라고 판단했다.

"가라! ——《연사궁·2식》!"

나는 도망치면서도 가끔 돌아서서 뒤로 뛰면서 화살을 날렸다. 그리고 아츠를 날릴 때는 다리 관절과 팔 관절을 적극적으로 노렸다.

나란히 뛰어가던 마기 씨도 가끔 돌아서서 투창과 투척용 나이프, 손도끼를 던졌지만 대부분 인형이 회피하거나 칼로 쳐냈다.

"커스드로 약체화시켰는데, 스펙이 얼마나 높은 거야! ——《봄》!"

나는 차례차례 공격수단이 막히는 와중에 [하늘의 눈]과 《봄》 마법을 조합시킨 좌표 폭파를 날렸다.

오른팔의 구체관절을 노린 봄으로 인해 지근거리에서 폭발을 맞고 [기계장치 마도인형]이 멈췄다.

하지만——.

"큭, 대미지가 적네!"

"윤 군! 요격 포인트는?!"

"조금 더 가야 해요!"

[기계장치 마도인형]을 유도하며 그곳에서 맞서기로 했다.

그리고 그곳에 도착한 우리는 [기계장치 마도인형]을 돌아보고 각자 무기를 겨누었다.

나는 [검은 소녀의 장궁]에 화살을 메기고 [기계장치 마도인형]을 조준하며 마법도 사용할 수 있게끔 준비했다.

마기 씨는 칼등이 빗처럼 생긴 장검을 겨누고 인형이 다가오길 기다리며 자세를 취했다.

"검은 익숙하지 않단 말이지. ──왔다!"

마기 씨가 빗 모양 칼등으로 [기계장치 마도인형]이 휘두른 칼을 막아낸 다음 쳐냈다.

전위에서 방어에 주력하는 마기 씨의 뒤에서 나는 [기계장치 마도인형]의 외각으로 덮여 있지 않은 관절 부위를 노리며 아츠를 날렸다.

"──《궁기·단발꿰기》! 마기 씨, 대미지를 입혔다는 느낌이 전혀 안 드는데요, 설마 외각에 전체적으로 미스릴을 쓴 건……."

"아하핫, 윤 군. 용케 알았네."

"혹시 평범하게 외각을 만들었다면 이런 고생을 할 필요가 없었던 거 아닌가요?"

"아마 그렇겠지만, 생산직에게 타협이란 없어!"

자신만만하게 대답하는 마기 씨를 보고 약간 질리기도 했지만, 내 마음속에도 동의할 수 있는 부분이 있기도 하다.

　애초에 태엽은 일반적인 철로 만들어도 상관없었겠지만, 타협하지 않고 도운 내게도 책임이 있다.

　"윤 군, 부탁할게!"

　"네. ──《봄》!"

　화살과 《봄》의 좌표폭파는 대부분 칼이나 외각에 튕겨나갔지만 머리와 구체관절을 노리면 [기계장치 마도인형]이 우선적으로 그 공격에 대처하려고 일단 물러나곤 했다. 하지만 미처 대처하지 못하고 막지 못했던 공격이 조금씩 대미지를 축적시켜나갔고, 전위를 맡고 있는 마기 씨의 부담을 줄이는 것으로도 이어졌다.

　"오른팔 구체관절이 노란색으로 변했네요."

　"그래. 파츠가 입은 대미지의 축적량이 녹색, 노란색, 붉은색으로 변하니까 알아보기 쉽지."

　나는 그렇게 말하면서 아츠와 마법 스킬을 사용할 때 소비한 MP를 MP 포션으로 회복시켰고, 마기 씨는 미처 다 막아내지 못한 [기계장치 마도인형]의 참격 대미지를 포션으로 회복시켰다.

　그리고 다시 [기계장치 마도인형]과 맞섰고, 인형이 휘두른 칼을 마기 씨가 빗 모양 칼등으로 막아냈을 때 키잉, 그렇게 날카로운 소리와 함께 [기계장치 마도인형]이 들고 있던 칼이 부러져 지면에 박혔다.

"해냈어!"

『외부무장의 파손을 확인. 현재 시점에서 해당되는 무장을 폐기합니다.』

무기들끼리 충돌한 것으로 인해 부러진 칼을 던져버리고 뒤쪽으로 멀리 뛰어 거리를 벌린 [기계장치 마도인형].

"놓칠까 보냐! ──《궁기 · 단발꿰기》!"

나는 그 빈틈을 놓치지 않고 오른팔의 구체관절을 노리고 강렬한 아츠 일격을 날렸다.

무장을 버렸기 때문에 요격하지 못한 채 오른팔 관절에 아츠가 박히자, [기계장치 마도인형]은 그 충격으로 인해 균형을 잃고 멈췄다.

그리고──.

"먹어라! ──《섬인격》!"

양쪽으로 나뉘어 이 순간을 기다리고 있던 벨이 뒤쪽에서 가한 강습.

빛나는 쇠지레 끄트머리로 머리를 강타당해 앞으로 쓰러진 [기계장치 마도인형].

벨은 그대로 자연스럽게 마운트 포지션을 잡고 [기계장치 마도인형]의 목 뒤쪽에 있는 태엽 구멍에 꽂혀 있던 미스릴제 태엽을 잡고는 단숨에 빼냈다.

약간의 저항과 함께 빠진 태엽을 뺏기지 않게끔 벨은 곧바로 인벤토리에 넣었고, [기계장치 마도인형]의 왼팔 관절을 굳혀 움직임을 억눌렀다.

"작전 성공! 겨우 잡았네. 윤 군, 벨, 도와줘서 고마워."

"그래. 하지만 아직 저항하고 있어서 무서워."

벨의 아래에서 마구 날뛰고 있는 [기계장치 마도인형]. 지금은 오른팔도 벨에게 관절을 눌린 상태다.

유일하게 자유로운 양쪽 다리를 버둥거리며 휘둘러서 벨의 등을 걷어찼지만 기세가 붙지 않아서 대미지를 입히지는 못했다.

[기계장치 마도인형]을 억누르는 작전은 나와 마기 씨를 미끼로 삼고 벨이 뒤에서 태엽을 빼는 작전이었고, 자세한 내용은 다음과 같다.

[기계장치 마도인형]이 판단한 배제 우선순위 중에서 공격 우선순위가 높은 마기 씨가 무기 파괴 특성이 있는 소드 브레이커 계열의 검으로 칼을 파손시키는 것을 노리며 방어에 전념하고, 내가 마기 씨를 보조한다.

평소에 여러 사역 MOB의 푹신함을 몰래 관찰하기 위해 은밀 계열 센스를 단련했던 벨은 양쪽으로 나뉨으로써 일단 [기계장치 마도인형]의 색적 대상에서 벗어났고, 그 뒤로는 미리 정해두었던 곳에서 [기계장치 마도인형]의 뒤를 잡는 형태로 파고들기 위해 나무 그늘에 숨어 태엽을 뽑아낼 기회를 계속 기다리고 있었던 것이다.

그 다음에는 방금 전에 진행되었던 것과 같다.

순간적인 틈을 찌른 강습에서 [기계장치 마도인형]을 무력화시키기까지 빠르게 진행된 흐름은 나를 감탄하게 만들기에 충분하고도 남았다.

"이제 저절로 활동이 정지되기 전까지는 이대로 계속 버텨야 하나~."

『동력장치의 소실로 인해 활동시간이 제한됩니다. 활동 정지까지 남은 시간은 5시간 37분.』

"너무 길어! 그렇게 오래 걸리면 태엽을 뽑은 의미가 없잖아!"

벨은 불평해댔고, 나는 그 직후에 일어난 일을 보고 눈을 크게 떴다.

벨이 누르고 있던 [기계장치 마도인형]의 양쪽 팔꿈치 아랫부분이 빠진 것이다.

"벨! 팔이!"

"어? 냐악!"

[기계장치 마도인형]은 양쪽 팔이 팔꿈치까지만 남았지만, 그럼에도 불구하고 온몸을 움직이는데 지장이 없는지 강력한 용수철이 내장된 다리로 지면을 박차고 등에 올라타 있었던 벨을 단숨에 튕겨냈다.

갑자기 튕겨나가 세게 엉덩방아를 찧고 아파서 이상한 비명을 지르는 벨.

한편, 그 자리에서 일어나 지면에 굴러다니는 자신의 팔을 차 올려서 본체의 팔꿈치 구체관절에 합체시킨 [기계장치 마도인형].

"작전 실패야! 이제 두들겨 패서 기능정지 상태에 몰아넣을 수밖에 없어!"

마기 씨가 무기 파괴 용도로 쓰던 검을 [기계장치 마도인형]에게 던지고 인벤토리에서 평소에 자주 쓰는 전투 도끼를 꺼냈지만, [기계장치 마도인형]은 날아오는 검을 주먹으로 튕겨내고 곧바로 마기 씨에게 달려들었다.

『배제 대상에게 공격을 개시합니다.』

푸욱, 그렇게 묵직한 소리와 함께 [기계장치 마도인형]의 발이 지면에 몇 센티미터 파고들었고, 허리를 낮춘 채 안정적으로 잡은 자세에서 날린 주먹이 마기 씨를 덮쳤다.

"크윽, 힘들…… 꺄악?!"

다리에 내장된 용수철의 반발력을 전달한 주먹을 마기 씨가 재빨리 겨눈 전투 도끼의 측면으로 막아냈지만, [기계장치 마도인형]은 그렇게 방어하는 상황에서도 주먹을 더욱 밀어 넣어 마기 씨를 날려 보냈다.

"마기 씨!"

『공격 우선자를 배제 대상으로부터 전투시 위협 대상으로 변경합니다.』

그 선언과 함께 [기계장치 마도인형]이 다시 허리를 낮추고 다리의 용수철에 힘을 모으기 시작했다.

"윤 씨! 도망쳐! 지금 그 녀석이 노리는 건 윤 씨야!"

[기계장치 마도인형]의 뒤를 잡고 있던 벨이 거리를 좁히며 뒤에서 공격을 가하려 했지만 그보다 먼저 단숨에 앞으로 뛰어들면서 내게 다가오는 [기계장치 마도인형].

"——크윽!"

가속하는 것과 동시에 날린 주먹이 내 복부에 박혔다.

나는 마기 씨처럼 무기로 방어하지는 못했지만 다행히 [대신하는 보옥의 반지]에 남아 있었던 마지막 한 번의 효과로 주먹의 직접적인 대미지를 막을 수 있었다. 하지만 주먹의 넉백 효과로 인해 뒤쪽에 있던 나무에 부딪혔다.

"——커헉!"

등을 세게 부딪쳐서 숨이 새어 나오는 와중에 바로 피해야만 한다고 생각하면서도 1밀리미터도 움직이지 못하고 있자니 추격을 가하려는 [기계장치 마도인형]이 단숨에 거리를 좁혔다.

"크윽?!"

[기계장치 마도인형]이 내 목을 잡고 나무에 밀어붙이려는 듯이 들어올렸다.

기도가 막혀 숨을 쉴 수가 없어서 그런지 멍해지는 의식과 시야 구석에 마기 씨와 벨이 나를 구하려고 달려오는 모습이 보였다.

나도 몸을 움직여 [기계장치 마도인형]에게서 벗어나기 위해 발버둥쳤지만 꿈쩍도 하지 않았다. 그런데 갑자기 목을 쥐고 들어 올린 손의 힘이 약간 빠졌고 지면에 발끝으로 설 수 있을 정도로 내 몸이 내려왔다.

그 이유가 [기계장치 마도인형]이 다리의 용수철을 움츠리기 위해 허리를 숙였기 때문이라는 것을 알아차린 것은 그 직후였다. 용수철의 반발력이 단숨에 해방되었고 날아든 무릎찍기가 내 배에 꽂혔다.

"──윤 군!"

『전투시 위협 대상을 격파. 그에 따라 우선순위 2위의 위협 대상 격파에 들어갑니다.』

마기 씨의 비명 뒤에 [기계장치 마도인형]의 무기질적인 작전 행동 선언이 이어졌다.

일격에 HP가 0이 된 나는 그 자리에 남겨진 채 시야가 암전되었다.

(전투시 행동 루틴이 바뀌었나?)

나는 암전된 시야 안에서 생각했다.

(태엽을 뽑을 때까지는 마기 씨를 제일 우선적으로 공격했는데, 뽑은 뒤에는 그 이후의 전투에서 어그로가 높은 상대를 목표로 삼은 거고.)

상황에 따라 행동 패턴을 바꾸기 시작한 [기계장치 마도인형].

MOB이 HP 감소와 더불어 치열하게, 그리고 복잡하게 공격하는 것이나 마찬가지인데, [기계장치 마도인형]은 단독 전투능력과 기동력이 선천적으로 높아서 마기 씨와 나 같은 생산직이 상대할 수가 없다.

그리고 유일한 전투 플레이어인 벨의 힘으로도 부족했고, 처음 싸우는 적이기 때문에 정보도 부족하다.

(행동이 갑작스럽게 변하니까 마기 씨하고 벨의 연계도

잘 안 되는 것 같고, 지금은 태세를 한 번 다잡을 필요가 있 겠네.)

전투 태세를 다시 갖추지 않으면 또 일방적으로 당해버릴 것이다.

그러기 위해 나는 암전된 시야 안에 떠오른 [소생약] 사용 여부에 『YES』를 선택하고 일어섰다.

"──《머드 풀》!"

되살아난 직후, 이미 격파했던 내게 등을 돌리고 있던 [기계장치 마도인형]의 발치에 진흙탕을 만들어내어 발을 묶었다.

──[대지속성 재능] 센스의 취득 및 《머드 풀》의 사용 횟수가 일정 이상에 도달하였기에 상위 마법 스킬 《베어 트랩》을 취득.

부활한 것과 동시에 마법으로 발을 묶은 직후에 새로운 마법을 취득했다는 알림이 떴다.

하급 마법을 매직 젬에 담아서 쓰다 보니 마법사용 횟수 가 제대로 카운트되지 않아서 먼저 《머드 풀》의 상위 마법 이 파생된 모양이었다.

『전투시 위협 대상의 부활을 확인.』

"어이쿠, 생각하고 있을 때가 아니지."

신규 마법 스킬을 취득해서 멍해져 있던 나를 정신 차리 게 만든 [기계장치 마도인형]의 무기질적인 목소리.

양쪽 발목이 진흙탕에 잠긴 상태로 [기계장치 마도인형]이 몸을 틀어 뒤에 서 있던 나를 돌아보았다.

하지만 일반적인 적 MOB과 마찬가지로 부활한 상대에게는 어그로가 인계되지 않아서 그런지 바로 내게서 눈을 돌리고는 원래 표적인 마기 씨를 보고 그쪽으로 걸어가기 시작했다. 하지만 진흙탕에 빠진 상태라 움직임이 둔했다.

"마기 씨! 벨! 좋은 기회니까 태세를 바로 잡죠!"

"알았어! 내가 미끼를 맡을 테니까, 벨은 유격 부탁해!"

"즉석이긴 하지만, 그렇게 할게!"

진흙탕에는 속도를 저하시키는 효과가 있는데, 금속 외각을 잔뜩 사용한 중량급 [기계장치 마도인형]에게 잘 먹히는지 빠져나오기까지는 시간이 좀 걸릴 것 같다.

이제 충분히 태세를 바로 잡을 시간을 확보할 수 있겠다고 생각하며 나와 마기 씨, 벨이 서로 고개를 끄덕이고는 각자 전투하기 편한 위치로 이동했다.

전위의 탱커는 마기 씨, 유격 어태커는 벨, 후위에서 원호하는 나, 이런 포지션을 짜고 [기계장치 마도인형]이 언제 진흙탕을 벗어나도 맞서 싸울 수 있게끔 태세를 갖추었다.

그런 와중에 배 속이 묵직하게 쿵쿵 울리는 소리가 숲속에서 들려왔다.

잘 알고 있는 제1마을 주변의 숲에서 이런 소리를 내는 적 MOB이 무엇인지 짐작할 수가 없었고, 서서히 다가오는 그 간헐적인 땅울림을 느끼며 나와 마기 씨, 벨이 서로 얼굴을 마주 보며 고개를 갸웃거리고 있자니 진흙탕에 발이 묶인 [기계장치 마도인형]도 마찬가지로 멈춰 서서 소리가 나는 쪽을 바라보고 있었다.

그리고——.

『——빠오오오오오옹!』

"——램 어택, 이에요."

숲의 나무들을 뚫고 거대한 코끼리가 나타나 힘차게 돌격하며 광장을 힘껏 가로질렀다.

중간에 기운 빠지는 목소리로 지시가 내려지자 진로상에 있던 [기계장치 마도인형]의 옆구리를 거대한 코끼리가 앞발로 걷어찼고, 그 모습을 본 우리는 한순간 생각이 멈춰버렸다.

●

"램이라고 해서 생각났는데, 다음에는 럼주가 들어간 과자를 먹고 싶어요."

"레티아. 램 어택의 램은 럼주하고는 다른 거야."

거대한 코끼리—— 레티아의 사역 MOB인 가네샤 무츠키 위에서 기운 빠지는 이야기가 들리자, 나는 그쪽을 올려다보았다.

"에밀리 양! 레티아!"

"도와주러 왔어. 그리고——."

에밀리 양은 허리에 차고 있던 연접검을 뽑아 휘둘러서 가네샤인 무츠키 위에서 칼날을 날렸다.

지면을 향해 똑바로 휘두른 연접검의 심지인 와이어와 칼날이 지면으로 굴러간 무언가를 휘감았고, 에밀리 양이 그 것을 자기 곁으로 잡아당겼다.

"적을 날려버렸다고 해서 눈을 돌리면 안 되지."

[수룡의 알]이 들어 있는 가방을 껴안고 있는 레티아와 함께 그렇게 말하며 무츠키 위에서 뛰어내린 에밀리 양이 들고 있던 것은 [기계장치 마도인형]의 오른쪽 손목이었다.

무츠키의 돌격을 맞고 진흙탕에서 걷어차이며 재빨리 몸통을 감싸려고 자세를 취했을 때 그 부분에 대미지가 집중되어 빠진 모양이었다. 외각의 미스릴 세라믹이 깨져서 떨어져 나갔고 안에 들어 있던 마법 느낌이 나는 동력선이 새빨개진 상태였다.

그럼에도 불구하고 아슬아슬하게 가동되는 상태인 오른쪽 손목을 [기계장치 마도인형]이 다시 장착하기 전에 에밀리 양이 확보한 모양이었다.

『오른쪽 손목을 손실. 또한 오른쪽 팔과 몸통 측면에 심각한 대미지. 적의 증원을 확인.』

일어선 [기계장치 마도인형]은 마치 가면 같은 표정으로 담담하게 상황에 대해 말했다.

이쪽에는 이제 에밀리 양과 레티아가 합세하여 전력이 늘어났기 때문에 [기계장치 마도인형]을 제압할 수 있을 것이다.

"그런데 파티는 누가 지휘해?"

"……정하지 않으면 위험하지 않을까?"

지금까지 당연히 나왔어야 할 의문을 이제야 말하는 벨을 보고 미간을 찌푸리며 냉정하게 중얼거리는 에밀리 양.

"알았어! 내가 지휘할게! 다들 가자!"

마기 씨가 무기를 겨누고 소리를 지르며 선언했다.

그러자 모두가 납득하고 [기계장치 마도인형]과 맞섰다.

"나하고 벨이 전위, 에밀리는 중위! 윤 군하고 레티아가 후위에서 원호!"

"알겠어요. 《존 인챈트》── 어택, 디펜스, 스피드!"

"다음에 케이크를 대접해주세요. 무츠키──《송환》. 아키, 라기, 야요이──《소환》. 모두를 원호해주세요."

내가 파티 모두에게 삼중 인챈트를 걸었고, 레티아가 무츠키를 소환석으로 되돌린 뒤 추가로 사역 MOB인 윌 오 위스프 아키, 라나 버그 키사라기, 바람의 요정인 야요이를 불러내 [기계장치 마도인형]이 서 있던 곳에 공격을 가했다.

사역 MOB들이 각자 화염구, 점착사, 바람의 칼날로 원거리 공격을 날렸지만 가벼운 움직임으로 그것을 피한 [기계장치 마도인형].

"놓치진 않을 거야!"

그리고 에밀리 양이 휘두른 연접검이 지면을 기어가는 듯이 날아들자 [기계장치 마도인형]은 그 끄트머리를 손목이 없는 오른팔 측면 외각으로 튕겨내고는 곧바로 에밀리 양을 향해 갔다.

"왔다!"

이번에는 전투 도끼로 그저 공격을 받아내기만 하는 것이 아니라 정면으로 [기계장치 마도인형]을 맞서 싸우는 마기 씨.

한쪽만 남은 주먹의 타격과 전투 도끼의 일격이 부딪히며 불꽃이 튀었다. 손 쪽 외각 내구도는 미스릴을 섞어서 만들었다고는 해도 도자기 같지 않을 정도로 뛰어났지만 정면으로 여러 번 전투 도끼와 부딪히자 표면에 균열이 생겼다.

"오른쪽이 텅 비었어! ──《섬인격》!"

손목이 없는 오른쪽으로 파고든 벨이 쇠지레를 있는 힘껏 휘둘렀다. [기계장치 마도인형]은 그 공격을 여유롭게 피했지만 오른쪽 손목이 없기 때문에 그저 피한 것에 그쳤다.

"──《궁기ㆍ단발꿰기》!"

나는 피할 곳을 예측하고 그곳에 아츠를 날렸다.

예측한 회피 위치에 도달한 화살은 [기계장치 마도인형]의 왼쪽 어깨 구체관절에 박혔고 그 충격과 마법 느낌이 나는 동력선에까지 들어간 대미지로 인해 [기계장치 마도인형]이 균형을 잃었다.

"도망치면 곤란하니까 다리를 분리 겠어. ──《크래킹》!"

에밀리 양이 채찍처럼 날카롭게 연접검을 휘두르며 그 끄트머리를 [기계장치 마도인형]의 사타구니 아래쪽으로 통과시킨 뒤 자연스럽게 팽팽해진 채찍의 기세를 이용해서 오른쪽 다리 안쪽을 강하게 쳤다.

그 충격으로 인해 [기계장치 마도인형]의 오른쪽 무릎 아래가 빠져 지면으로 굴러갔다.

"역시 골렘 같은 MOB하고 성질이 비슷하구나. 참격이나 찌르기 계열 공격에는 강하지만 타격 계열 공격에는 약해."

"그럼 무기는 전투 도끼보다는 전투 망치 쪽이 낫겠구나."

에밀리 양이 분석한 것을 들은 마기 씨가 전투 도끼를 집어넣고 끄트머리가 뾰족한 전투 망치를 꺼내 어깨에 짊어졌다.

『왼쪽 어깨 관절에 심각한 대미지. 빠진 오른쪽 무릎 아래는 회수하여 수복을 실행합니다.』

담담하게 자신의 상태에 대해 말한 [기계장치 마도인형]. 그 직후, 벨의 추격을 구르면서 피한 뒤 오른쪽 무릎 아래 파츠를 회수하여 원래대로 이어버렸다.

그런 다음 [기계장치 마도인형]이 한 말을 듣고 모두가 깜짝 놀랐다.

『배제 대상·준 배제 대상·전투시 위협 대상의 격파가 곤란한 것으로 판단하여 최종수단을 실행합니다.』

엄청나게 살벌한 말을 듣고 모두가 긴장하자 삿갓 형태의 머리 일부가 패널처럼 뒤집어졌고 그곳에 어떤 카운트가 나타났다.

그 숫자는 『180』이라고 떠 있었다.

『지금부터 기밀 유지와 배제 대상의 격파를 완수하기 위하여 자폭 시퀀스에 들어갑니다.』

"전원 산개!"

마기 씨가 소리를 지른 것과 동시에 우리는 [기계장치 마도인형]에게 잡히지 않게끔 제각각 움직였지만 가장 가까이 있던 벨에게 [기계장치 마도인형]이 달려들었다.

"냐악! 위험하잖아!"

[기계장치 마도인형]은 남아 있던 왼팔을 벌리며 벨을 붙잡으려 하다 쇠지레로 인해 실패했지만, 금속 파츠를 대량으로 사용한 중량을 이용해 벨을 덮쳐 쓰러뜨렸다.

"벨! ──《크래킹》! 앗?!"

에밀리 양은 쓰러진 벨을 구하기 위해 남아 있던 왼팔을 벌리며 벨을 붙잡으려 했던 의 옆구리에 연접검을 휘둘렀지만 그 끄트머리를 손목이 없는 오른팔에 감은 [기계장치 마도인형]이 오히려 연접검을 잡아당겼다.

"꺄악?!"

연접검이 잡아당겨지는 연접검 때문에 앞으로 쓰러진 에밀리 양을 향해 달려간 [기계장치 마도인형]은 에밀리 양의 몸을 왼쪽 다리로 걷어찬 다음 손목이 없는 오른팔로 구타했다.

"아윽?!"

"에밀리! 벨!"

마기 씨가 산개하라는 지시를 내리고 모두가 제각각 도망친지 불과 10초 만에 각개격파당하기 시작하고 있었다.

"윤 군! 레티아! 두 사람을 원호해줘!"

"네! ——《궁기 · 단발꿰기》!"

"——《라운드 힐》."

나는 아츠를 사용했고, 레티아는 에밀리 양과 벨의 HP를 회복시켰다. 그리고 레티아의 사역 MOB들도 원거리에서 [기계장치 마도인형]을 공격했지만——.

『오른쪽 손목 수복 완료.』

에밀리 양을 공격할 때 빼앗긴 오른쪽 손목을 탈환했는지 그 자리에서 빠르게 오른팔을 다시 장착한 다음 미스릴 세라믹제 손과 팔의 외각으로 공격을 차례차례 요격해나갔다.

[기계장치 마도인형]의 태엽은 개별적인 아이템 판정이었기에 벨이 탈취한 것과 동시에 인벤토리에 회수할 수 있었지만, 오른쪽 손목은 그것 자체만 따지면 오브젝트 취급이다. 그래서 인벤토리로 회수하려면 오른팔 전체를 빼앗을 필요가 있는데 그러기 전에 오른쪽 손목을 다시 뺏겨버리게 되었다.

"격추시킬 수 없는 공격이라면, 어떨까! 하아아아앗!"

마기 씨는 전투 망치를 어깨에 들쳐 메고 단숨에 [기계장치 마도인형]에게 다가가 내리쳤지만, 그 직전에 [기계장치 마도인형]이 마기 씨의 머리 위를 뛰어넘은 뒤 나와 레티아가 있는 후위 위치까지 돌진해 왔다.

"아차!"

"——《클레이 실드》!"

나는 시간을 벌기 위해 토벽을 만들어냈지만 끝까지 솟구치기 전에 인형이 뛰어넘어버렸다.

"좋았어, 걸렸다! ──《마궁기 · 환영의 화살》!"

하지만 토벽으로 발을 묶지 못할 것까지 상정하고 토벽 위쪽을 조준했다.

[기계장치 마도인형]도 공중에서는 피하지 못했기에 내가 날린 마법의 화살이 차례차례 날아들며 팔다리의 관절을 꿰뚫었지만, 그럼에도 불구하고 멈추지는 않았다.

『──남은 시간 140초.』

자폭하기까지 남은 시간을 알리는 [기계장치 마도인형]은 팔다리에 마법 화살이 꽂힌 채 레티아의 눈앞에 내려섰다.

"윽?!"

재빨리 도망치려고 등을 돌린 레티아의 어깨를 붙잡고 돌아서게 만든 [기계장치 마도인형]이 몸을 약간 숙이고 다리에 힘을 모아 레티아의 턱 아래에 어퍼컷을 때려 넣었다.

가녀린 레티아의 몸이 포물선을 그리며 공중으로 날아갔다.

"이런! 늦지 마라!"

[기계장치 마도인형]의 일격으로 인해 HP를 절반 정도 잃은 레티아는 지금 [기절] 상태이기 때문에 낙법 자세를 취할 수가 없다.

허둥대며 레티아가 떨어질 곳으로 파고들어 받아냈지만 끝까지 지탱하지 못하고 나도 뒤로 쓰러졌다.

"레티아. 정신 차려!"

내가 포션과 상태이상 회복약을 써서 레티아를 회복시키자, 레티아가 머리를 흔들며 눈을 떴다.

그리고——.

"윽?! 없어요, 알이, 없어요!"

"레티아! 진정해!"

"그 안에는 내 소중한 아이가 있어요! 돌려줘요!"

[기계장치 마도인형]이 레티아에게서 빼앗은 가방을 열고 [수룡의 알]이 소중한 것이라고 판단한 뒤 꺼내 옆구리에 끼고 있었다.

『전투시 위협 대상의 중요 물체를 확보. 탈환하기 위해 접근한 대상을 포획하기 위한 함정으로 사용합니다.』

"그건 내 아이예요! 돌려줘요! 아키! 라기! 야요이!"

레티아의 지시에 따라 사역 MOB들이 일제히 공격에 나섰다.

[기계장치 마도인형]은 [수룡의 알]을 옆구리에 끼고 있어 모든 공격을 요격할 수 없기 때문에 회피에 전념하고 있었다.

『——남은 시간 120초.』

"그렇게 두진 않을 거야!"

그때 은밀 계열 센스인 인식저해로 기척을 차단하고 있던 벨이 달려들어 쇠지레를 휘둘렀지만 빗나가 버렸고, 추격타를 날리기 위해 쇠지레를 버린 벨이 고양이 글러브로 근

접전투를 벌이기 시작했다.

"으랴! 으랴! 으랴! 레티의 알을 돌려줘!"

벨은 내가 자칫하다가는 벨에게 맞을 것 같아서 활을 쏘는 것을 망설일 정도로 [기계장치 마도인형]에게 달라붙은 채 연속공격을 날리고 있었지만, 맞으면 대미지가 큰 일격만 방어해내고 있어서 좀처럼 마무리 일격을 날릴 수가 없었다.

『――남은 시간 100초.』

"으윽! 잡았다! 윤 씨! 에밀리!"

벨은 턱에 카운터로 묵직한 일격을 맞고 몸을 뒤로 젖혔지만, 그대로 [기계장치 마도인형]의 몸통을 붙잡았다.

그 직후, 나와 에밀리 양은 고개를 끄덕이고 공격을 날렸다.

"――《머드 풀》!"

"――《웹 바인드》!"

벨까지 함께 구속시키는 스킬.

내가 두 사람이 있는 곳 발치의 지면을 진흙탕으로 바꾸어 움직임을 막았고, 에밀리 양의 연접검이 벨과 함께 [기계장치 마도인형]을 조였다. 그때, 몸에 파고든 연접검의 칼날에 벨이 대미지를 입었지만 이를 악물며 참고 있었다.

『――남은 시간 90초.』

"벨, 절대로 놓지 마."

대미지를 입고 있는 벨에게 하이포션을 던져 HP를 회복시켰다.

벨에게 맞을까봐 사격하는 것을 망설일 정도로 가까이 붙어 있었지만 [기계장치 마도인형]은 골렘 계열 적 MOB에 가까웠기 때문에 포션 효과가 없고, 그래서 망설이지 않고 포션으로 회복시킬 수 있었다.

그리고 드디어 레티아가——.

"라기, 점착사예요."

레티아의 지시를 받고 라나버그인 키사라기가 움직임이 멎은 [기계장치 마도인형]에게 다가가 점착사를 날려 [수룡의 알] 표면에 붙인 다음 그것을 잡아당겨 되찾는데 성공했다.

[수룡의 알]을 들고 돌아온 키사라기를 맞이한 레티아는 알을 빼앗겼던 공포와 긴장으로 인해 그 자리에 힘없이 주저앉아 버렸고, 나와 에밀리 양이 등을 받쳐주었다.

"레티아, 괜찮아?"

"괜찮아요. 무사히 되찾아서 안심했더니 힘이 빠졌어요. 그리고……."

꼬르륵, 그렇게 배에서 귀여운 소리가 났다.

"단숨에 스킬을 잔뜩 써서 만복도가 떨어졌어요. 배가 고파서 싸울 수가 없네요."

"알았어. 레티아는 쉬고 있으렴."

"만복도가 떨어진 거면 일단 이 과자라도 먹고 있어."

에밀리 양이 레티아에게 전선에서 물러나라고 권했고, 나는 인벤토리에서 만들어두었던 과자 봉투를 건넸다.

레티아는 살짝 고개를 숙여 인사를 한 다음 나와 에밀리 양 뒤쪽으로 간 뒤 그 자리에 주저앉아 과자 봉투를 뜯었다.

"윤 씨! 에밀리! 그런 건 됐으니까 나를 구해줘~!"

『──남은 시간 70초. 기밀 유지와 자폭을 이용한 동귀어진할 준 배제 대상자를 확보.』

담담하고 기계적인 말투로 말한 [기계장치 마도인형]은 눈앞에 있는 벨의 몸을 끌어안고 몸을 조였다.

"아파! 아파! 항복! 항복! 누가 나 좀 구해줘!"

"벨, 당신은 좋은 사람이었어요. 그 자기희생 정신은 잊지 못할 거예요."

"뭐, 레티아의 [수룡의 알]과 동반자살하면 곤란하지만, 벨이라면 딱히 상관없나?"

레티아와 에밀리 양이 한 말에는 정말 자비심이 없었다.

벨은 마지막 희망을 품고 촉촉한 눈으로 나와 마기 씨를 보았지만──.

"뭐라고 해야 하나, 미안하긴 한데 지금 구속을 풀면 또 습격당할 것 같으니까 조금만 기다려."

"으앙~, 윤 씨까지 나를 버렸어!"

"괜찮아! 나중에 확실하게 [소생약]으로 부활시킬 테니까!"

"그런 문제가 아니야~!"

엉엉 우는 벨을 보고 잠시 전투에 참가하지 않은 채 준비를 하고 있던 마기 씨가 일어섰다.

"오케이~. 이쪽 준비는 다 됐어!"

인벤토리에 전투 망치를 집어넣고 날카로운 원뿔형 무기인 돌격창을 꺼내 겨누는 마기 씨.

"설마 그럴까 싶었는데 진짜로 같이 찌르려고?! 정말 자비심이 없네!"

벨은 얼굴이 새파랗게 질린 채 [기계장치 마도인형]에게서 벗어나려고 날뛰었지만 발치에 있는 진흙탕과 연접검의 구속에서 벗어날 수가 없었다.

"간다! 우오오오오옷!"

"《인챈트》── 어택, 스피드!《엘레멘트 인챈트》── 웨폰!"

돌격창을 겨누고 뛰어가기 시작한 마기 씨에게는 공격과 속도의 이중 인챈트를, 마기 씨의 돌격창에는 화속성 인챈트를 부여했다.

『최우선 배제 대상의 접근을 확인. 동귀어진할 대상을 변경합니다.』

벨을 구속하고 있던 [기계장치 마도인형]은 손을 놓고 자신과 벨을 구속하고 있던 연접검에 손을 댔다.

온몸이 금속과 도자기로 이루어져 있는 [기계장치 마도인형]은 연접검의 금속 조각에 큰 상처를 입지 않았다.

[기계장치 마도인형]은 연접검의 심지 안에 들어 있던 와이어를 힘으로 끊어내고는 눈앞에 있는 벨을 팔꿈치로 쳐서 날린 뒤 구속 상태에서 탈출했다.

"큭, 도망쳤다!"

"아직 멀었어! 그 이상 도망치게 두진 않을 거야! ──《베어 트랩》!"

나는 취득한지 얼마 안 된 대지속성 마법 스킬을 발동시켰다.

그러자 방금 진흙탕에서 나온 [기계장치 마도인형]의 발치에 새로운 진흙탕이 생겨나 거품이 일었고, 그 진흙탕 안에서 돌로 이루어진 회색 덫이 나타났다.

[기계장치 마도인형]은 그곳에서 급하게 물러나려고 했지만 진흙탕에 오른쪽 다리가 빠져 움직일 수가 없었다. 그 다리에 덫의 톱니 모양 판이 양쪽에서 다가와 맞물리자 날카로운 날이 오른쪽 다리 외각을 뚫고 깊게 파고들었다.

"──《클레이 실드》!"

나는 연달아 마법을 사용했다.

"윤 군! 나이스 서포트!"

지면에서 비스듬히 생겨난 토벽 발판을 마기 씨가 단숨에 뛰어 올라가 발판의 끄트머리를 박차고 [기계장치 마도인형]을 향해 뛰었다.

그대로 돌격창 끄트머리를 [기계장치 마도인형]의 얼굴에 날렸다.

돌격창의 일격을 맞고 쓰러지려 하는 [기계장치 마도인형]에게 휩쓸리지 않게끔 벨이 몸을 구르며 옆으로 피하자, 마기 씨는 곧바로 [기계장치 마도인형]의 얼굴에 돌격창을 들이대고 위쪽으로 밀어 쓰러뜨렸다.

『──남은 시간 50초.』

돌격창을 맞은 [기계장치 마도인형]의 얼굴은 왼쪽 눈이 파괴되었고 마기 씨가 달려들었을 때 스쳤는지 머리의 삿갓 일부가 헤집어진 상태였다.

"자폭 시간이 아슬아슬할 때까지 기다려줄 이유는 없어! 슬슬 멈추라고!"

마기 씨는 돌격창을 인벤토리에 넣고 다시 전투 망치를 꺼낸 다음 머리의 카운트다운 패널을 향해 들어올렸다.

바로 일어나서 반격하려 했지만 등이 진흙탕에 빠진 [기계장치 마도인형]은 무게 때문에 가라앉고 있었기에 제대로 방어하지 못하고 머리에 묵직한 일격을 맞았다.

『──남은, 44초…….』

목소리가 갈라지나 싶더니 패널의 카운트다운이 멈췄고, 구체관절에 드러나 있던 마법 느낌이 나는 동력선의 빛이 사라지자 [기계장치 마도인형]의 모든 기능이 정지되었다.

그리고 덜컥덜컥 소리를 내며 머리의 삿갓 모양 파츠가 떨어져나갔고, 펑 하는 소리와 함께 안쪽에서 작은 폭발을 일으키고 망가져버렸다.

종장　새끼 수룡과 기계장치 마도인형

　우리는 [기계장치 마도인형]과 전투를 벌인 곳을 떠나 제 1마을을 향해 걸어가기 시작했다.

　"휴우, 이렇게 될 줄은 몰랐어."

　그렇게 말한 마기 씨는 등에 삿갓 모양 머리 파츠가 벗겨진 [기계장치 마도인형]을 짊어지고 있었고, 벨은 배가 고파진 레티아를 업고 있었다.

　기동되기 전에는 예쁜 전통복을 입히고 칼을 채워서 여자 사무라이처럼 만들었는데, 지금은 전투를 벌였기 때문에 옷이 너덜너덜해졌고 칼은 부러져서 잃어버린 데다 팔다리 파츠는 외각에 상처가 났고 마법 느낌이 나는 동력선의 기능이 정지되어 교체할 필요가 있다.

　내가 발을 묶어두는 것과 동시에 공격마법 역할도 하는 《베어 트랩》을 사용했기에 특히 오른쪽 다리의 파손이 심했다.

　그리고 머리는 마네킹처럼 스킨헤드 상태가 되었고 왼쪽 눈이 부서진 데다 얼굴 일부에 금이 간 상태였다.

　"다시 한 번 수리해야겠구나."

　마기 씨가 그렇게 말하자, 에밀리 양이 약간 겁먹은 듯한 분위기로 마기 씨가 짊어지고 있던 [기계장치 마도인형]을 보았다.

　"……이번에는 폭주하지 않겠죠?"

"음~. 안 할 것 같은데. 사실 이 [기계장치 마도인형] 본체는 흔한 존재고 저 삿갓 모양 머리 파츠가 인형을 전투용으로 만드는 옵션 같아."

그리고 지금부터는 상상한 거지만 [기계장치 마도인형]을 전투 용도로 쓰다가 다른 사람에게 포획당해서 부정 기동시켰을 경우, 전투를 벌여 부정 기동자를 배제하고 최종적으로는 [기계장치 마도인형]에 대한 기밀 정보와 파츠를 남기지 않게끔 한 것이다.

그리고 그 지시를 내린 것이 그 삿갓 모양 머리 파츠가 아닐까. 이번에 그것이 완전히 망가져버렸기에 [기계장치 마도인형] 본체만 남은 상황에서는 적대시하지 않을 것 같다는 것이 마기 씨의 가설이었다.

"일단 처음에 기동시킬 때는 머리 파츠를 굳이 안 달아도 되는 거였잖아? 그랬다면 전투를 벌이지도 않았을 테고…… 나도 자폭에 휘말릴 뻔하지 않았을 테고."

벨은 마지막에 약간 원망스럽게 말했지만, 마기 씨는 그럴 수 없었다고 이야기했다.

"그게, 몸통에 딸려 있던 머리 안이 텅 비어 있었거든. 내용물 같아 보이는 건 저 삿갓 파츠 안에 있었어."

어차피 기동시키려면 저 삿갓 모양 머리 파츠를 달아야만 했던 모양이다.

"뭐라고 해야 하나, 피곤하네."

내가 그렇게 말하자 마기 씨와 에밀리 양이 쓴웃음을 지었고, 레티아와 벨이 고개를 끄덕였다.

그렇게 제1마을로 돌아올 수 있었던 우리는 마기 씨의 [오픈 세서미]에 들러 [기계장치 마도인형]이 날뛰고 난 뒷정리를 한 다음 다시 [기계장치 마도인형]의 수리가 끝날 때를 기대하면 해산했다.

가장 마지막까지 남아 있던 나는 마기 씨와 함께 공방에서 [기계장치 마도인형]의 상태를 확인하고 있었다.

"이런~, 외각은 찌그러졌고, 손 쪽 미스릴 세라믹은 금이 쫙쫙 갔고, 특히 왼쪽 눈의 수정체가 부서졌네."

그렇게 말하며 알고 있었던 사실을 다시 확인한 뒤 천장을 올려다보는 마기 씨.

"괜찮아요. 다시 함께 수리하죠."

"음~."

"왜 그러세요?"

"윤 군이 그렇게 말해주니 고맙긴 한데, 이번에는 나 혼자서 고치고 싶어. 뭐라고 해야 하나, 새삼 시작지점에 다시 서게 된 것 같아서 이번에는 혼자 해보고 싶어."

마기 씨가 하고 싶은 말이 무슨 뜻인지는 대충 알 것 같았다.

소재 모으기나 폭주한 [기계장치 마도인형] 등, 여러 가지 일들을 경험한 뒤라서 생산직으로서의 자신이 어느 정도인지 알고 싶은 것 같다.

"알겠어요."

"고마워, 윤 군. 미안해, 제멋대로 굴어서."

"괜찮아요. 그리고 저도 이제 미스릴 주괴를 만들 수 있으니까 이제부터는 혼자서 시행착오를 겪어볼게요."

내가 그렇게 선언하자, 마기 씨는 의욕이 생겼냐며 훈훈하게 나를 바라보다가 문득 곤란하다는 듯이 시선을 이리저리 돌리며 머리를 긁었다.

"그래도 곤란하네. 부서져버린 왼쪽 눈 대신 쓸 결정체는 어떻게 하지? 우선 나름대로 큼직한 보석이 있으면 대신 쓸 수 있는데……."

하긴, 부서진 왼쪽 눈의 크기를 고려해서 보석으로 대신 쓰려면 최소한 중간 사이즈가 필요하다.

하지만 일반적인 보석을 사용하면 강도 같은 것들이 부족할 테니 나름대로 레어 아이템이 필요하다고 말하는 마기 씨.

"음~, [소재상]인 에밀리가 MOB을 부활시킬 때 쓴 [피의 보주]를 만들어달라고 할까?"

하지만 지금 부탁하게 되면 수리하는데 시간이 오래 걸리겠다며 고민하는 마기 씨에게 내가 어떤 제안을 했다.

"마기 씨, 이것도 쓸 수 있나요?"

"이건―― [수호령의 자수정(중)]이잖아! 그런데 써도 돼?!"

"언데드 계열 MOB을 대량으로 쓰러뜨려서 극소 사이즈 보석을 모으면 다시 만들 수 있으니까요."

뭐, 언데드 계열은 껄끄러우니 쓰러뜨리러 갈 생각이 없다는 사실은 말하지 않고 마기 씨가 대답하기를 기다렸다.

마기 씨는 잠시 내게 부탁해도 되는지 잠시 고민한 다음에 금방 표정이 부드러워졌다.

"소중하게 쓰도록 할게."

"네. [기계장치 마도인형]이 수리되는 걸 기대할게요."

나는 그렇게 말한 다음 마기 씨에게 뒷일을 맡기고 로그아웃했다.

●

[기계장치 마도인형]이 폭주한 뒤로 며칠이 지났다.

그동안 마기 씨는 온 힘을 다해 [기계장치 마도인형]을 다시 수리했고, 부족한 소재인 광석과 점토를 모을 때는 나와 에밀리 양, 레티아, 벨이 돕기도 했다.

그렇게 소재를 모으러 나갔을 때 세이프티 에리어에서 레티아가 껴안고 다니던 [수룡의 알]이 부화하여 무사히 새끼 수룡이 태어났고, 우즈키라는 이름을 지어주었다.

"우 양. 그럼 안 돼요."

"큐이!"

드래곤 좀비에게서 태어났기에 조금 걱정했지만 큰 문제 없이 건강한 새끼 수룡은 지금 벨이 들고 있는 생선을 먹으려고 쫓아가고 있었다.

레티아가 그 뒤를 몸을 숙인 채 쫓아가 잡은 뒤 안아 들었다.

"아, 레티. 나하고 우의 행복한 시간을."

마기 씨의 [오픈 세서미]를 대절해서 개최한 두 번째 [기계장치 마도인형]을 선보이는 행사에 와 있던 우리는 레티아와 벨이 장난치는 모습을 바라보며 때가 되길 기다리고 있었다.

그리고 그동안 나는 이날을 위해 [조금] 센스로 만들어 두었던 금속 파츠를 꺼내 그 자리에서 조립해나갔다.

"레티아. 우즈키를 데리고 와줄래?"

"알겠어요."

껴안은 채 무겁다는 듯이 우즈키를 데리고 온 레티아.

"레티아. 이걸 우즈키의 배 아래에 달아줄래?"

"이건…… 사복갑주인가요?"

수룡인 우즈키는 수장룡처럼 생겼기에 땅에서는 지느러미 형태인 다리를 움직이고 배를 질질 끌면서 이동한다.

그 때문에 좀처럼 앞으로 나아가기가 힘들고 돌로 된 바닥이 많은 마을 안에서는 배에 상처가 날 거라고 생각해서 얇게 편 금속판을 휘어서 연결하여 배를 보호해주는 사복갑주를 만들었던 것이다.

그리고 이동하기 편하게끔 작은 바퀴도 달아두었다.

몸을 비틀어도 괜찮게끔 만드는 게 힘들긴 했지만 마기 씨가 단련시켜준 [조금] 센스의 힘으로 겨우 만들 수 있었다.

장착할 때는 바닥에 깐 사복갑주에 몸통을 얹고 사복갑주가 어긋나지 않게끔 사복갑주의 끄트머리에 달려 있는 벨트로 고정시킨다.

답답한 것 같지는 않았지만, 우즈키는 처음에 그 동그란 눈으로 자신의 몸에 달린 물건을 수상쩍다는 듯이 보고 있었다. 하지만 지느러미 같은 다리를 움직이다 보니 그것을 달면 지금까지보다 훨씬 이동하기 편하다는 것을 눈치챈 모양인지 그 뒤로는 기쁜 듯이 신나게 지느러미 같은 다리를 움직이며 이쪽저쪽으로 잽싸게 돌아다니고 있었다.

"이제 배가 쓸리지는 않겠지."

"그렇네요. 그런데 키우기가 좀 힘들어질 지도 모르겠어요."

잽싸게 움직이는 우즈키를 잡으려 하는 벨과 그로 인해 덩달아 휘말리게 된 에밀리 양을 보고 나는 헛웃음소리를 냈다.

그리고 우즈키에게 준 것과는 별개로 어떤 것을 레티아에게 건넸다.

"응? 이건 용의 이빨인가요?"

우즈키의 부모인 드래곤 좀비가 드롭했던 [부패룡의 이빨]을 연마해서 광택을 살리고 보호용 수지를 바르고 끈을 달아 만든 장식용 액세서리.

자룡아 아뮬렛 [장식품]
MIND+10, LUK+7 추가효과 : 행운 상승(소), INT 부가

우즈키를 키우는 레티아에게 주려고 만든 액세서리인데 LUK이 상승하는 희귀한 액세서리가 완성되어버렸다.

"받아도 되나요? LUK 액세서리는 귀할 텐데요."

"뭐, 내가 가지고 있는 것보단 레티아가 가지고 있는 게 나을 것 같아서. 그 대신 우즈키를 잘 키워야 해."

내게서 그것을 받아들고 허리춤에 찬 레티아는 주먹을 쥐며 의욕을 보였다.

"네. 우즈키를 어엿한 성수로 만들어서—— 바다의 물고기를 잡을 수 있게끔 키울 거예요!"

"아니, 그런 방향성은 좀 그렇지 않아?"

"무슨 문제라도 있나요? 바다의 물고기는 맛있는데요."

아니, 뭐, 그렇긴 한데…… 그렇게 말하며 뒷덜미를 긁는 나와 의아하다는 듯이 고개를 갸웃거리는 레티아.

그때, [오픈 세서미]의 공방에서 마기 씨가 [기계장치 마도인형]을 안아 들고 왔다.

"다들 기다렸지. 이제야 최종 조정이 끝났어."

"이게 다시 수리한 [기계장치 마도인형]인가요?"

저번에는 [기계장치 마도인형]에게 여자 사무라이 같은 옷을 입혔지만, 이번에는 전형적인 메이드복을 입힌 상태였다.

마네킹처럼 매끈매끈하던 머리는 섬유 계열 아이템을 심었는지 예쁜 금발이 자라나 있었고, 정수리에는 헤드 드레스를 얹어두었다.

금이 갔던 얼굴과 부서진 왼쪽 눈도 수리되었고, 새롭게 만든 하얀 미스릴 세라믹 외각이 아름다움을 더해주고 있었다.

"그럼 기동시킬게!"

"이번에는 폭주하지 말아주라."

우리가 기도하는 듯한 마음으로 지켜보는 와중에 마기 씨가 [기계장치 마도인형]의 목 뒤에 미스릴 태엽을 꽂고 돌리기 시작했다.

그리고 천천히 눈을 뜬 [기계장치 마도인형]은 원래 색인 녹색 눈과 새롭게 만든 자수정 눈, 그 오드아이로 자신을 기동시킨 마기 씨를 바라보았다.

『──마스터의 정보영역을 손실, 신규 마스터 등록이 가능합니다.』

"오오, 이번에는 부정 기동 같은 말을 하면서 습격하지 않네."

『당신이 신규 마스터가 되실 분인가요? 그렇다면 이름을 등록하여주십시오.』

"나는 마기야."

『마스터 마기. 신규 등록 완료되었습니다. 앞으로 잘 부탁드립니다.』

"잘 부탁해."

마스터 승인이 무사히 끝나자 마기 씨 앞에서 공손하게 인사하는 [기계장치 마도인형]을 보고 긴장하며 상황을 지켜보고 있었던 우리는 크게 한숨을 내쉬었다.

"겨우 끝났네요."

"그래. 도와줘서 고마워, 윤 군. 그리고 모두들."

마기 씨가 그렇게 말하고 돌아서서 활짝 웃어보였다.

"음~. 나도 골렘을 다루니까 꽤 신경 쓰인단 말이지. 그래서 마기 씨는 이 애를 어떻게 다룰 거야?"

에밀리 양이 메이드 복을 입은 [기계장치 마도인형]을 빤히 바라보면서 마기 씨에게 물었다.

"조수로 써먹을까 생각 중이야. 이 애를 수리하는 걸 윤 군이 도와주러 와서 자잘한 작업을 도와주는 동안에는 정말 편했거든. 사실 윤 군이 계속 있어줬으면 하는데……"

"저도 즐거웠어요. 오랜만에 도와드리기도 했지만요……."

이번에 일을 돕는 동안 미스릴 주괴를 혼자 만들 수 있게 되기도 했기에 내게도 유익했다. 하지만 내 본직은 어디까지나 [조합]으로 생산하는 것이고 [아트리엘]을 관리해야 할 필요도 있으니 여기에 계속 머무를 수는 없지.

내 대답을 듣고, 마기 씨는 살짝 한숨을 쉬고 나서 미소를 지었다.

"그러니까 조수로 쓸 거야. 열에 대한 내성을 강하게 만든 인형이니까 고온의 마법로 앞에서도 문제없이 움직일 수 있을 테고."

"이름은 어떻게 하실 건가요? 이름이 없으면 불편하잖아요."

레티아가 그렇게 말하자, 마기 씨가 기다렸다는 듯이 멋진 미소를 지으며 대답했다.

"그건 이미 생각해뒀어."

그리고 마기 씨는 [기계장치 마도인형]을 향해 돌아서서 말하기 시작했다.

"[기계장치 마도인형], 네 새로운 이름은…… 루프야."

『본 기체의 개체명으로 [루프]가 등록되었습니다. 부디 잘 부탁드립니다.』

기계적인 대답을 듣고 쓴웃음을 지으면서 새 동료를 맞이해 기쁜 듯한 마기 씨.

하지만 그대로 계속 루프를 관찰하고 있을 수는 없다는 사실을 깨달은 마기 씨는 손뼉을 살짝 치며 모두를 정신 차리게 한 뒤 [기계장치 마도인형] 수리 완료 뒤풀이 파티를 시작하겠다고 말했다.

나는 예전에 레티아에게 다음번에 먹고 싶은 것을 만들어주겠다고 약속했었기에 이 자리를 이용해서 그녀가 요청한 크레이프를 만들기 시작했다. 내가 반죽을 굽고, 먹는 사람이 따로 마련된 커트 후르츠와 생크림을 마음대로 고를 수 있는 셀프 형식이다.

내가 프라이팬 여러 개를 써서 크레이프 반죽을 차례차례 굽다 보니 요리하기 위해 뒤로 묶은 포니테일이 내가 움직일 때마다 흔들리는 것을 벨이 지긋이 바라보다 기분 좋은 듯이 크레이프를 먹는 모습이 보였다.

두 손으로 크레이프를 들고 있던 레티아의 볼에 생크림이 묻자, 에밀리 양이 그것을 닦아주면서 챙기는 모습을 마기 씨가 한 발짝 물러난 곳에서 즐거운 표정을 지으며 보고 있었다.

그런 와중에 파티 회장 구석에 있던 루프와 우츠키가 보였다.

루프는 인형 특유의 무표정한 얼굴로 우츠키를 내려다보았고, 우츠키는 루프의 오드아이, 특히 보라색 눈동자가 신경 쓰이는지 긴 목을 쳐들고 루프의 얼굴을 바라보고 있었다.

나는 서로 뭔가 느끼는 것이라도 있나 싶어서 웃으며 인형 한 대와 수룡 한 마리의 판타지스러운 광경을 바라보았다.

"윤 씨, 크레이프 반죽이 부족해요. 추가로 30개."

"레티아는 너무 많이 먹어. 그렇게 삐져나올 정도로 과일을 넣지 말고."

"정말, 어쩔 수 없지."

나는 레티아와 에밀리 양의 목소리를 듣고 정신을 차린 뒤 다시 열심히 크레이프 반죽을 구웠다.

[용의 부활]과 [기계장치 마도인형] 사건이 일단락되었고, 다들 진심으로 즐거워 보인다.

그렇게 그날 [기계장치 마도인형] 수리 완료 뒤풀이 파티는 본격적으로 시작되었다.

─── 스테이터스 ───

NAME : 윤
무기 : 검은 소녀의 장궁, 볼프 사령관의 장궁
보조무기 : 마기 씨의 식칼, 고기 써는 식칼 중흑, 해체식칼 창무
방어구 : CS No.6 오커 크리에이터 (하복, 동복)

액세서리 장비 한계 용량 (3/10)
· 페어리 링 (1)
· 대신하는 보옥의 반지 (1)
· 원예지륜구 (1)

소지 SP 16+2
[활 Lv55] [장궁 Lv39] [마궁 Lv23] [하늘의 눈 Lv22]
[간파 Lv34] [준족 Lv26] [마도 Lv27] [대지속성 재능 Lv8]
[부가술 Lv50] [조교 Lv34] [물리공격 상승 Lv18]

대기
[조약사 Lv18] [연금 Lv47] [합성 Lv46] [조금 Lv36]
[생산직의 소양 Lv20] [요리인 Lv15] [수영 Lv18] [언어학 Lv25]
[등산 Lv21] [신체내성 Lv5] [정신내성 Lv4] [선제의 소양 Lv11]
[급소의 소양 Lv10] [염동 Lv3]

알림

· NEW : [부가술] 레벨이 50에 도달. 상위 센스 발생중

새로운 동료——

· 레티아의 [수룡의 알]이 부화하여 새끼 수룡 우즈키가 동료가
되었다.

· 마기가 [기계장치 마도인형]을 수리하여 루프라는 이름을 지
어주고 조수로 맞이했다.

후기

처음 뵙는 분, 오랜만에 뵙는 분, 안녕하세요. 아로하자초입니다.

이 책을 읽어주신 분, 담당 편집자인 O씨, 작품에 멋진 일러스트를 마련해주신 유키상 님, 그리고 출판되기 전부터 인터넷에서 제 작품을 봐주신 분들께 매우 감사드립니다. 현재 OSO 시리즈는 외전·백은의 여신이 간행 중이며 드래곤 에이지에서 하니 쿠라운 님의 코미컬라이즈 버전이 연재되고 있습니다. 앙증맞고 귀여운 코믹판 윤 일행의 활약과 본편에서는 묘사되지 않았던 뮤우 일행의 귀여운 모습과 멋진 활약을 볼 수 있습니다. 꼭 봐주셨으면 합니다.

이번 12권은 초반 일부에 Web 버전 내용을 일부 가져오긴 했지만, 거의 대부분이 신규로 집필한 내용입니다.

그런 12권 중에서 가장 힘들었던 것은 [기계장치 마도인형]의 디자인을 어떻게 할 것인가 하는 문제였습니다.

게임 안에 로봇을 등장시킨다. 그런 생각을 했을 때 가장 먼저 떠올랐던 것은 [몬스터 팜]의 기계장치형 몬스터였고, 형태는 UFO 같은 형태에서 전투를 벌이게 되면 인간 형태로 변형하는 몬스터였습니다. 처음에는 기계장치형 몬스터처럼 만들까 하는 생각도 해보았습니다만, 그런 걸 원하시는 분들은 일부 마니아 분들밖에 안 계실 것 같아 포기하고 더 사람같이 생긴 형태의 로봇으로 하기로 정했습니다.

그 다음에 떠오른 것은 메다로트였습니다. 프레임에 무장 파츠를 자유자재로 장착해서 자신의 취향에 맞게 커스터마이즈할 수 있고 프레임의 골격에 성별이 존재하는 것. 매우 많이 참고하였습니다만, 메다로트는 사람과 비슷하지 않죠.

그리고 프레임 디자인은 드롯셀 아가씨처럼 생긴 것을 채용하며 외각을 덮음으로써 사람 같은 모습을 재현해낸 오토마타 같은 느낌이 되었습니다.

자신만의 미소녀 로봇이라는 일종의 로망을 재현해낼 수 있어 다행이라 생각합니다.

앞으로도 저, 아로하자초를 잘 부탁드립니다.

마지막으로 이 책을 읽어주신 독자 여러분께 다시 감사의 말씀드립니다.

다시 여러분을 만나게 될 날을 기대하겠습니다.

2017년 4월 아로하자초

역자 후기

안녕하세요. 천선필입니다.

온리 센스 온라인 12권, 재미있게 읽으셨는지 모르겠습니다.

이번 12권에서는 전체적으로 새로운 동료를 맞이하기 위한 사전 준비, 그리고 맞이하는 과정이 묘사되었습니다. 저는 그 두 동료 중 마기의 새로운 파트너, 기계장치 마도인형 쪽이 마음에 드네요. 고대의 유산, 로봇, 기계장치, 파츠를 모으는 과정, 개인 취향에 맞는 커스터마이징, 뭔가 로망이 잔뜩 담겨 있는 듯한 느낌인 것 같습니다.

온라인 게임은 기본적으로 여러 사람과 함께 플레이하는 것을 전제로 삼고 있긴 하지만, 그렇다고 해서 항상 다른 사람과 플레이를 할 수는 없기에 솔로 플레이를 할 때도 외롭다는 감정을 느끼게 하지 않게끔 파트너 같은 존재를 배치하곤 합니다. 주인공인 윤의 파트너 격 캐릭터인 뤼이, 자쿠로 같은 경우가 그렇다고 할 수 있겠죠. 제가 요즘 가끔 플레이하는 캡콤의 몬스터 헌터 시리즈 최신작에도 플레이어를 따라다니며 함께 싸워주는 귀여운 고양이 파트너가 등장하는데, 그 덕분에 혼자 플레이할 때도 그 귀여운 모습을 보면 그리 심심하지 않습니다.

사실 파트너 캐릭이라는 요소를 게임 안에 넣을 때 가장 난이도가 높고 제작에 들어가는 수고가 제일 많은 것은 해당 파트너 캐릭터의 행동원리, AI를 제작하는 과정입니다. 게임에서 발생할 수 있는 변수가 다양할수록 그것에 대응해야 하는 알고리즘이 복잡해지고, 알고리즘이 복잡해질수록 기존에 상정한 의도에 맞게끔 행동하게 만드는 것이 힘들어지게 되죠.

OSO에 등장하는 오버 테크놀로지의 대표격은 역시 여름 캠프 이벤트 때 등장한 시간 압축 기술인 것 같습니다만, 작중에 등장하는 NPC, 사역 MOB 등의 AI도 현대와 비교하면 충분히 오버 테크놀로지 같은 느낌이 듭니다. 플레이어와 대화 같은 상호작용이 가능한 것만 놓고 봐도 실생활에서 이제 막 실용화되기 시작한 기초적인 AI 제품과 비교하면 차원이 다르죠.

그런 생각을 하며 이번 온리 센스 온라인 12권 번역을 마쳤습니다. 항상 그렇지만 이렇게 번역 작업을 마칠 수 있게 도와주신 분들께 감사의 인사를 드리고 후기를 마치려 합니다.

매번 번거로움을 끼쳐드리고 있는 담당 편집자 분과 소미 미디어 관계자 여러분, 못난 아들 덕분에 마음고생이 많으

실 부모님, 그리고 가족 여러분. 감사합니다.

  그리고 이 책을 읽어주신 독자 여러분. 진심으로 감사드립니다. 제가 이렇게 번역을 마치고 후기를 쓸 수 있게 된 것은 독자분들 덕분이라 생각합니다. 작가 분 말씀대로 외전인 백은의 여신과 코믹스를 함께 읽으시면 더 큰 즐거움을 느끼실 수 있으리라 생각합니다.

  항상 행복하시고 건강하시길 바랍니다.
  감사합니다.

천선필

Only Sense Online Vol.12
©Aloha Zachou, Yukisan 2017
First published in Japan in 2017 by KADOKAWA CORPORATION, Tokyo.
Korean translation rights arranged with KADOKAWA CORPORATION, Tokyo.

온리 센스 온라인 12

2018년 10월 15일 1판 1쇄 발행
2019년 2월 28일 1판 2쇄 발행

저   자 아로하자초
일 러 스 트 유키상
옮 긴 이 천선필
발 행 인 유재옥
본 부 장 조병권
담당편집자 김민지
편   집 김다솜 김민지 정영길 조찬희 이성호
디 지 털 최민성 박지혜
라이츠담당 박선희 오유진
발 행 처 ㈜소미미디어
등   록 제2015-000008호
주   소 서울시 마포구 토정로222, 403호(신수동, 한국출판콘텐츠센터)
판   매 ㈜소미미디어
마 케 팅 한민지 한주원
물   류 허석용 최태욱
전   화 편집부 (070)4164-3962, 3963 기획실 (02)567-3388
　　　　　　판매 및 마케팅 (070)4165-6888, Fax (02)322-7665

ISBN 979-11-6190-922-6
ISBN 979-11-5710-083-5 (세트)